微糖年代

宇文正／著
米樹兒／插畫

綠蠹魚叢書YLNA23

微鹽年代・微糖年代

作者	宇文正
插畫	米榭兒
攝影	C.C. Tomsun
資深主編	鄭祥琳
副主編	陳懿文
行銷企劃	鍾曼靈、盧珮如
美術設計	林秦華
出版一部總編輯暨總監	王明雪
發行人	王榮文
出版發行	遠流出版事業股份有限公司
地址	臺北市南昌路二段81號6樓
電話	02 2392-6899
傳真	02 2392-6658
郵撥	0189456-1
著作權顧問	蕭雄淋律師
2017年3月1日	初版一刷
定價	新台幣330元
	缺頁或破損的書・請寄回更換
有著作權・侵害必究	Printed in Taiwan
ISBN	978-957-32-7955-6

ylib 遠流博識網

http://www.ylib.com　E-mail: ylib@ylib.com

國家圖書館出版品預行編目資料

微鹽年代・微糖年代／宇文正作.
–初版. --臺北市：遠流, 2017.03
　面；　公分. --（綠蠹魚叢書；YLNA23）
ISBN 978-957-32-7955-6（平裝）
857.63　　106001610

目次

OI

行過沙灘的蝴蝶

微糖年代

他和妻攜手走在沙灘上。妻穿著白色帆布鞋，輕輕踩著細軟的沙，穩定的步子，幾乎不濺起沙粒。他停下腳步，瞇眼眺望大海。妻的目光落在遠方隱約的一艘船上，魂被那船帶走似的。

他不知道妻想起了什麼，就像妻也不知道他心中的那道裂痕。那裂痕久經浪濤沖刷，已經平滑、不再割人了吧？

女孩甜蜜的笑容在人群裡，恆星一般，引得一把行星各成軌道環繞運行。他是遠方的冥王星，默默遙望。一群青春男女出遊，那是他第二次見到女孩。他真的想留在宿舍搞通那一節量子力學，一聽見參加者有她，初見時的笑容便無一刻不瘋狂侵擾，複印在每一頁原文書上，他終於闔上書本，去吧！

她穿著淡黃色洋裝，腰身背後繫一個胖嘟嘟的蝴蝶結，即使抿著嘴，明眸依然漾著笑意，那樣的眼睛盯著他：「嗨，你也來了。」

他們有時走近，有時走遠。像海浪來了又去。男孩子忙著幫女生拍照，他沒有相機，退得老遠。

臨時被指派的康樂股長拿廣告紙捲成喇叭狀，四處叮嚀集合了，準備吃海產去囉。她落在人群後頭，四下不知尋著什麼，一跛一跛地。

「找什麼？」

「鞋帶，有一腳的鞋帶不知道什麼時候不見了。」

「怎麼會穿鞋子穿到鞋帶不見了都不知道？」

「剛剛脫鞋子在沙灘上跑啊⋯⋯」話說一半，她咬住嘴唇，一臉我幹嘛要跟你交代的表情。他低頭端詳，那是一雙從中間繫帶的涼鞋，沒了鞋帶，鞋面散開，還真是沒法走路。陪著搜尋，簡直大海撈針，或許早就沖進海裡了。

「別找鞋帶了。」他撿起一個透明塑膠袋，拍打海水洗淨，再把塑膠袋搓成一長條帶子，走到她面前，單膝跪在沙灘上，穿過兩個鞋帶孔，繫成一隻透明的小蝴蝶。他手巧，小時候還幫母親做過一些手藝代工，沒人看得出是男孩子的手筆。

女孩看呆了：「好漂亮！」眼裡波光閃閃，看似激動感謝，忽然嘴一抿：「欸，你這個姿勢，像在求婚耶。」說完兩人都詫異。沒等他回嘴，女孩抽起另一腳的鞋帶拋向大海。

他傻眼了：「妳幹嘛？」

「右腳漂亮，左腳也要。」

驕縱的女生啊！等他四處找來第二個透明塑膠袋，給她綁好蝴蝶結，人群早已走遠。兩人奔跑起來，沙上難跑，他伸出手牽住女孩，她的手柔軟而涼。

妻傳遞密碼似的，輕輕按了一下他的手心，彷彿說著：啊，我知道，你憶起了生命裡的一段時光，一如我，記起某年的歲月。我們都不必說出來。然後，向前走吧。

啃囓時間的果核，拋向海，浪如花落。

一隻寄居蟹，頂著不成比例的大圓殼，以不可思議的輕盈腳步橫過沙灘。

微糖小點——01

夏日乳酪杯

■ 材料：

原味優格1杯、玉米片少許、紅色火龍果1/4個、百香果1個、梅子粉少許。

■ 做法：

1. 火龍果切丁。
2. 百香果切開，挖出果粒，撒上梅子粉拌勻。
3. 選一只容器（透明水杯或水晶碗），依次鋪上一層玉米片、一層優格、一層火龍果丁、再一層優格，最後鋪上百香果粒。

■ 註：

水果可依季節搭配，如藍莓配奇異果，草莓配鳳梨，原則上一甜一酸，一如初戀的滋味。

夏日乳酪杯

一甜一酸搭配！

02

那日陽光穿透妳

微糖年代

她堅持自己的素顏很美，不然，不會在那個早晨令他張口結舌，驚豔若此。

那天，他按門鈴按了許久，室友睡死了，她迫不得已爬起來開門，是一張陌生臉孔。門口那人雷殛般動也不動，良久，緩過氣來，問她某某在嗎？找她室友的。室友是學生會幹部，負責照料這屆新生。

她打著呵欠：「我們都還在睡耶！」提醒他太早來敲門，打擾了她們。

室友從她身後探出臉來：「怎麼了？」她轉身回房，倒床再睡。

幾乎不記得有這事了。後來，他老藉口找她室友問問題，跑來她們家按門鈴。室友知趣，辦些活動把她拖去。後來，他幾乎每晚來報到。一度，她以為他要追的是室友，他一來，她不知道該不該迴避。

交往後，她始終埋怨兩人的邂逅毫不浪漫，相親似地被室友湊成一對。初識的記憶都是夾著室友的身影，他去早市買花來，也是兩人一人一束，到底誰才是不好意思、順便送的呢？她鬧起性子，問他起先究竟想追的是誰？

他笑了，問她記不記得第一次見面的場景？

他描述那個早晨，陽光從連著客廳的小廚房窗口射進來，穿透她的長髮，熠熠閃閃。她隱約記起來了，她怒氣沖沖，披頭散髮爬下床。「然後你就決定要追我？」

他點頭。

不會吧？她想，我那時候跟貞子應該沒兩樣吧？啊，連最後拋給他那個惡狠狠的眼神也被喚起。沒被我嚇跑？我起床的模樣這麼美？「當然我是天生麗質啦，可是，我記得我那天臉色應該很凶吧？我最恨禮拜天一大早被人家叫起來……」

他坦白其實不記得她的表情。是了，他那天對她，簡直……敬畏若神。

「我美到你不敢逼視？」

他的嘴唇附上她的耳畔，吹氣般輕輕地說：「那天，陽光下，妳的睡衣很透明……」

微糖小點——02

陽光焗烤軟法

■ 材料：

軟式法國麵包（也可用其他麵包取代，但以軟法效果最佳）數片、香蒜醬、番茄乾3或4個、起士絲。

■ 做法：

1. 烤箱240度預熱。
2. 番茄乾剁碎。
3. 香蒜醬均勻塗抹麵包，撒上碎番茄乾、撒滿起士絲，進烤箱烤約十二分鐘，至表面金黃取出。

03

她也許真的是天才！

微糖年代

「我做了奶酪喔，你吃吃看……」

結婚都幾年了，老婆只會煮泡麵啊。「現在的泡麵，還有奶酪口味的嗎？」

啊，餐桌上真的有好幾碟長得像奶酪的東西，上面還擺了一顆小果子。「那是什麼？」

「土包子，藍莓呀，我特別去微風超市買的加州奧勒岡空運藍莓。」在老婆逼視下，拿起小湯匙（真的不會拉肚子嗎？）……

說起來，他從來不曾奢望老婆做這些東西，不，最好不要，怕她把廚房給燒了。從他們認識的那一天起，就沒有過過一天「安穩」的日子！

他們是在學校餐廳認識的。那天自助餐廳供應免費的綠豆湯，那個蟬聲狂噪的盛夏呀，他去舀了碗祛暑退火的綠豆湯，擺著放涼，先吃飯。吃著吃著，坐他右邊的女生伸手拿過他的綠豆湯喝了起來。他詫異地扭頭看她，她喝得不疾不徐，他索性等她喝完了，問她：「要再來一碗嗎？」

「我自己會舀。」

「可是這碗就是我舀的啊。」

「你舀的喔？」

廢話！他沒說出口。她含含糊糊說不好意思、抱歉、對不起……，大概每種歉意常用語都講了一遍。他起身索性再去舀了兩碗回來，那女的走了，可是把她的洋傘留在那裡了。

他拿起她的小洋傘，自助餐廳鬧哄哄的，想交給老闆……老闆是誰？算了，先帶走，想辦法找她，在校園裡總有機會碰到吧。

低頭看那把洋傘，是粉紅色小碎花的可愛摺傘，跟她昏頭昏腦的模樣真不搭。不過，這傘胡亂收攏、帶子攔腰一扣，是甜筒冰淇淋嗎？看來真的是她的傘沒錯。他把傘打開，抖兩下，重新收攏，摺疊整齊，扣好，放進自己的大書包裡。

就這樣，這把傘在他書包裡帶來帶去帶了五個月。他上自助餐廳時會特別張望一下，有沒有她的身影，可是……她到底長什麼樣子？好像是長頭髮、鬈鬈的，好像有戴眼鏡，好像……好像是不難看啦，可是再見到，真的認得出來嗎？

校園餐廳始終遇不上。這一晚，搭公車回學校，到站時，坐他斜前排一個女生站起來往前走，他眼睜睜看著一捲長條狀東西從她膝上掉下來往前滾。他去撿起來，下車，一路跟著她，一邊心算，要走多少步，這女的才會想起自己忘在車上的東西？

一二三四五六七……三百七十四，她停下腳步，猛一回頭，手在提袋裡摸索。他本能地以手遮眼，怕她弄出什麼噴霧噴他的眼睛。還好沒有。她盯著他的臉看，視線移至他手上那捲東西：「你為什麼拿我的美術紙？」

「同學，是妳掉在車上，我幫妳撿起來的耶！」等等，他看清楚了這個戴眼鏡的女生，是同一個女生嗎？他從書包裡拿出粉紅色碎花摺傘……

「那時候我真的覺得你是個變態欸！」

這個變態開始在她身邊撿東西，眼鏡、手機、車票、筆記、麵包、香蕉……，只要從她身上或書包裡分離出來的東西，都可能在朝向下一個行程移動時遺留下來。他不聲不響地撿起，等待她尋找，而有時他真的沒有撿到，因為在她翻找時，那些東西明明安安好好地待在她的臉上、身上、包包裡。

他開始了幫她舀綠豆湯的日子。她的食量令他驚奇，陪她吃飯像看餵食秀，去夜市可以從第一攤一路吃到底。那麼瘦、那麼扁的肚子裡，怎麼裝得下那麼多東西？平日同樣點一客簡餐，他有時留下一些不喜歡吃的配菜，她卻一定吃得乾乾淨淨，他很少看過女孩子能把飯吃光的。

她說：「習慣了。從小我媽就說，飯吃不乾淨會嫁

蟬聲狂噪的盛夏呀，適合品嘗漂漂亮亮的甜點，
她把她的美術天分都發揮在甜點上頭了……

個麻子。」說完審視了一下他的臉，他臉上有不少痣，但還不到麻子的地步。「我妹也有這種好習慣，被我媽訓練的。我表哥來就說，都像妳們這樣吃東西，那豬要吃什麼？」邊說著，邊把盤裡的菜撥進湯匙裡。他說：「喂，不要跟豬搶食物……」

每當兩人點了不一樣的套餐，她總覺得他點的比較好吃，「分我一點。」

「自己拿呀。」

她笑吟吟地伸筷子：「就是喜歡跟豬搶食物！」

婚後才是恐怖片的開始。有次回家後，發現一路汪洋，水從浴室席捲臥房，來到客廳。她說出門前忽然停水，廣播說社區馬達壞了，可能水龍頭是那時忘了關的吧？

至於做菜，連炒空心菜都能燒焦，於是他教她，炒青菜要加水。「炒菜不是應該放油嗎？誰會知道炒菜還要加水？」他想著：誰不知道？

但她不是毫無優點，她從不大驚小怪，像許多女孩子那樣一點小事就驚聲尖叫。比方看見家裡出現大蜘蛛，她只是壓低聲音對他說：「有蜘蛛，還滿大隻的。」他還來不及動手，她已經出手了！那蜘蛛逃得飛快，想是怕被上面倒下的水晶花瓶給砸死。

他帶她回老家給阿嬤看，阿嬤打量了她一番，憂心忡忡問他：「啊，不知道有骨力（勤勞）否？」他點頭如搗蒜，有骨力、有骨力，骨力得嚇死人哩！

啊，阿嬤。一手帶他長大的阿嬤兩個月前腿摔斷了，近日大伯一家出國去，他回后里把阿嬤接上來照顧。老婆倒是不慌不忙，一聽見阿嬤要來住，不知去哪裡學煮十分糜爛的南瓜稀飯，讓阿嬤吃得心滿意足。

她說：「我做了奶酪，你吃吃看。昨天阿嬤說想要吃甜的。」

「真的能吃嗎？」他誠惶誠恐。

「超好吃的，有藍莓口味，還有柳橙口味。阿嬤說我是天才，不信你去問阿嬤！」

她把她的美術天分發揮在甜點上頭了。藍莓口味的上頭放顆小果子，柳橙口味的一旁點綴兩瓣小橘子，漂漂亮亮送到阿嬤面前。阿嬤說：「你某做那個什麼烙，軟綿綿，跟你的水某一樣幼秀。」

他老媽、伯母、嬸嬸沒有人擺得平的阿嬤，她居然兩三下就搞定。她也許真的是天才呢！

微糖小點——03

水果奶酪

拌果醬、新鮮水果一起食用。

■ 材料：

鮮奶200毫升、鮮奶油100毫升、吉利丁粉6公克、糖15公克、香草莢半支、果醬適量、藍莓（或其他水果）適量。

■ 做法：

1. 鮮奶、鮮奶油、糖、香草莢（縱向切開），全部放到牛奶鍋裡，以小火加熱至冒煙，微微起泡，轉最小火。
2. 將吉利丁粉倒入15毫升的冷開水中混合均勻，靜置五分鐘，等待吉利丁粉完全吸水膨脹。以隔水加熱的方式，將吉利丁粉完全融化成透明狀。
3. 溶解後的吉利丁粉加入牛奶鍋中，拌勻，關火。（這時候可加少許果醬拌勻，即成水果口味奶酪，但如果喜歡鮮奶色澤，果醬在吃的時候拌進來即可。）
4. 取細濾網過濾後，分裝到小杯子或小牛奶瓶，冷藏兩小時凝固即成。

04

自作自受的幸福

微糖年代

她本來該遇見的並不是高中教師陳小毛，而是一個「科技新貴」，一切都是她自作自受。

那天去參加燕子的婚禮，燕子老公是科技業，燕子規定老公把她介紹給還沒有女朋友的同事何君，安排他們比鄰而坐。她覺得彆扭，想遠遠觀看就好，自去坐了別桌。她想，要是看得順眼，再請燕子介紹不遲啊。一恍神，她也忘了何君應該是坐哪一桌。她是重度方向盲，有時在餐廳裡，去上個洗手間回來就會找不到座位。一望過去，男的不少，何君到底長什麼樣子？

結果她旁邊坐了一個聒噪的男人，她真後悔死了。這男的是燕子的大學同學，在高中教地理，大概把她當學生了，她寒暄時提起今早的地震，他便開始解釋台灣的地質，什麼金山斷層、車籠埔斷層、竹東斷層，聽得她頭暈腦脹。她想，他們的話題真的有很大的斷層。

新人出場時，遠遠看見燕子好像踩到禮服裙襬，差點仆倒，她旁邊的男人便開始坐立不安，說：「我應該跟在燕子後面……」她以為這人這麼關心燕子，該不是暗戀新娘？「她根本不會穿高跟鞋，這一小段路她絕對可以摔得東倒西歪。我應該跟在後面錄影，然後把影片投給Home Video，搞不好還可以拿獎金……」他一邊說著，一邊把面前的小菜全部吃光了。

燕子中間來敬酒的時候，吃了一驚：「妳不是應該跟何先生坐嗎？怎麼跑到陳小毛旁邊來？」

她好奇道：「他為什麼叫作『陳小毛』？」

燕子哇哈哈大笑，一點新娘的氣質都沒有。燕子說：「因為他很小氣啊！小氣得一毛不拔，叫一毛不好聽，就叫他陳小毛。」到底有多小氣呢？燕子說，他什麼都小氣，最扯的是，有一次他室友打到一隻蟑螂，抓去沖馬桶，他奔過去阻止，來不及，沖掉了！他直說：「可惜！媽的好可惜！」大家問他有什麼可惜，他說在他們家，打到蟑螂不准丟，要抓去餵他爸養的那條紅龍。這以後，大家就叫他陳小毛了。

燕子說得眉飛色舞，她聽得整臉皺成一團：「噁心死了！」然後陳小毛開始跟她講紅龍這種古代魚，屬於骨舌魚科，早在三億四千五百萬年前就存在岡瓦納古大陸水域之中……。新郎新娘到別桌去了，她還在學習古代魚的歷史。

終於上甜點了，剛出蒸籠的桂圓紫米芋頭糕端上來，陳小毛先為她挖了一塊，也給自己一塊，然後一大口送進嘴裡，他忽然就啞了！她轉頭看陳小毛，陳小毛的嘴一張一合如一尾古代魚，半天終於口齒不清地吐出兩個字：「好燙——」

她笑出來：「你被李鴻章擺了一道！」

「蛤？」他一好奇又能說話了：「我怎麼被李鴻章擺一道？」

呵呵，也有你不知道的。「李鴻章有一次出席洋人宴會，上來一道冒煙的『小菜』，他拿起湯匙，用嘴唇稍微吹一下，引起洋人大笑，原來是冰淇淋。下次李鴻章回請那批洋人，故意讓廚子做八寶芋泥來整他們。芋泥緊實，剛蒸熟的芋泥熱氣竄不出來，洋客人毫無警覺，拿起湯匙往口裡一送……就是你現在的下場啦！」她笑吟吟說著，陳小毛竟看她看痴了。

後來新郎新娘送客，見到陳小毛嘴唇紅腫起來，新娘狐疑盯著他倆：「你們兩個幹了什麼好事？」這就是她和陳小毛相識的故事。過不久，她就去陳小毛家看那條吃蟑螂養生的紅龍了。

陳小毛真的小氣。但他們的結婚典禮一切從簡，完全符合她的心意，她最討厭時下叫賓客反覆看新郎新娘成長過程影帶的婚禮；婚戒上的鑽石要放大鏡才能發現，她無所謂，她根本不愛戴戒指；蜜月到台東，她也算了，反正做為一個台灣人，從來沒有好好看過台灣的風景。

然而新婚便跟陳小毛大吵一架的原因是，陳小毛每天晚上都買兩個便當回家，叫她吃便當過日子。「每天吃同一家便當，你是養豬嗎？」陳小毛不解：「我可以買不同家的便當啊。」

「不上餐廳吃沒關係，我可以練習煮飯啊。」

陳小毛說，「便當」是台灣最經濟實惠的民生物質，自己煮其實花費更大，浪費時間，還浪費瓦斯，但如果真要煮，就用電鍋煮。

這下她火大了：「我自己去買菜！愛用什麼煮就用什麼煮！」

日子過下來，慢慢她發現，陳小毛小氣又囉嗦，但其實只是嘴賤而已，她高興怎麼做就怎麼做，陳小毛壓根沒脾氣。生了兒子之後，他就完全是兒子的大玩偶了。

兒子兩歲半那年，她得到機會，可以去美國東部一所名校進修碩士，公司讓她留職還給半薪。她只是回家說說，知道陳小毛不會同意，但讓他知道一下自己的犧牲也不錯啊。沒想到陳小毛一口就說：「這麼划算的事，妳當然要去啊。」

「現在出國念書很貴耶，薪水又只剩一半。」

「開玩笑，老公不養妳誰養妳。」

「那寶寶怎麼辦？」

「我帶啊，他也快要可以進幼幼班了。」

就這樣，她匆匆飛到美國，陳小毛在台北教書、帶孩子。每晚視訊，兩歲多的孩子，個子、語言飛快成長，天天有新學會的小把戲秀給她看。她常常在電腦前哭了起來。

「哭什麼，馬上放寒假了，我們就去看妳。」

農曆年前，陳小毛帶著寶寶來到美國。

「他飛機上有哭鬧嗎？」

「沒有。」陳小毛露出詭異的表情，他推推寶寶：「趕快，變魔術給媽媽看！」陳小毛上學期跑去社團跟學生學魔術，一路上就靠這套讓寶寶安安靜靜。

夜深人靜，寶寶睡了，陳小毛在燈下捧著報紙。這畫面讓她好感動，心中決定，一定要拚命，要在一年之內拿到學位，陳小毛真的辛苦了。連她爸本來有點反對，覺得陳小毛配不上她的，現在也沒話說了。不過陳小毛拿著剪刀到底在忙什麼呀？他英文那麼爛，才不相信他在做剪報。

「噯，你幹什麼啊？」

「我剪coupon，這裡的速食套餐超便宜的。」

陳小毛計畫好了，下禮拜不要煮飯，一三五吃麥當勞，二四六吃Burger King！

桂圓紫米芋頭糕

微糖小點——04

小心燙！

■ 材料：

紫米糕：紫米2杯、砂糖90公克、沙拉油35公克、桂圓肉45公克、高粱酒（或米酒）少許。

芋泥：芋頭300公克、椰漿20公克、砂糖50公克、沙拉油20公克、麵粉20公克。

■ 做法：

1. 紫米（即黑糯米）泡水六小時以上（可以泡隔夜）。
2. 芋頭切塊（勿加水），電鍋外鍋一杯水蒸軟後，搗碎，加入其他「芋泥」材料拌勻，放回電鍋，再用半杯水（外鍋）蒸到熟爛。有的芋頭不易爛，可再蒸到軟爛成泥為止。
3. 泡過的紫米洗淨，加一杯半的水（內鍋）進電鍋，外鍋一杯水，煮熟。
4. 桂圓肉泡水十五分鐘後洗淨瀝乾（勿泡過久，保持桂圓濃郁的甜香）。
5. 紫米蒸熟後，趁熱與「紫米糕」其他材料攪拌均勻。
6. 取大盤子，先把一半的紫米糕鋪底下（約一公分高），第二層均勻鋪上芋頭糕，最後再鋪上剩餘的紫米糕，每層均約一公分高。
7. 切成小塊即可食用，也可把每一小塊捏成圓形分裝。吃不完的可先冰起來，下回食用，只要再蒸一下即可。

05

熊一樣的男人

微糖年代

連女兒都會問她：「媽媽，妳怎麼會嫁給爸爸？」實在兩人的外形差異太醒目，像小白花的她，嫁給熊一樣的男人，在當年那群留學生裡是令人扼腕的事。她總是回答：「沒辦法呀，心太軟了。」

大熊實在太喜歡她了，從第一次見到她，便下定決心全力以赴。他用的是笨方法，每天上門問候請安。有一天她室友出去慶生夜歸，屋裡漆黑，以為她不在，這太不尋常了，她可是作息規律、也從不外宿的乖乖牌。開鎖進屋，見她躡手躡腳從房間裡探出頭問：「大熊走了沒？」

大熊是室友取的綽號，不必解釋，所有人一聽名號便能領會所指何人。不只外形，他念機械，其時電腦正夯，工科男孩無論在大學時念的是什麼系，來到美國，不是轉攻電機就是改念資料、資工，他仍選擇笨笨的機械，深信那永遠是一切工程的基礎。

「大熊？沒見到。」

「剛剛在門口站了好久。」

「那妳叫他回去就好啦，躲房裡幹嘛？」

「剛剛我不能出來應門，只好假裝不在。」

「為什麼不能出來應門？」

「剛剛我正在敷臉。」

大熊的背真的很溫暖，她的臉在雪地裡紅成一朵嬌豔的臘梅。

室友笑到幾乎跌倒：「那妳更應該出來，把他嚇一次，以後就不會再來啦！」

大熊還是會再來，有時她正在切水果，有時烤了蛋糕，不好意思，只好分他一塊。室友偷笑：「他到底是來追妳，還是來要東西吃的？」

整整過了一學期，追她的人很多，但人人都知道還有個大熊每天會去報到。有回同時四個男生跑來，一起在她們家小客廳裡看「洛城法網」，竟自在聊天起來，還動手在她們家廚房煮宵夜。大熊露了一手炒麵茶，麻油小火翻炒低筋麵粉，炒到如一片金色沙灘，撒入糖粉繼續拌炒，男孩子們呼擁上來：「媽的，可以開店了！」大熊樂得肥腦袋整個汗答答的。

兩個女生看傻了，室友輕嘆：「現在這是什麼情形呀？」

寒假來臨，大夥約去優勝美地，開五輛車，浩浩蕩蕩。優勝美地昨夜大雪，晶瑩如童話世界。她卻出了狀況，對雪地毫無概念的她，沒穿靴子，穿了雙普通的休閒皮鞋，雖然著了厚襪，仍擋不住寒氣，兩隻腳凍成冰棒，終於再也無法動彈。不是她公主病，這一點，她至今仍不忘對女兒重申，是凍僵了，再走，腳真的會斷！

「將來妳如果到雪地，一定要穿保暖靴，知道嗎？」

女兒不知道媽媽為什麼老強調靴子的事。

那天，她用快哭出來的聲音，說真的沒辦法走路了，眾人進退失據。大熊走過來，二話不說彎下身：「上來，我揹妳。」她默默就攀上大熊的背，讓他揹住了。其實那時她連四十公斤都不到，大熊覺得跟揹個小孩子沒兩樣。眾人一陣愕然，倒也很快就接受這個新情勢了。因為大熊的背真的很溫暖，她的臉在雪地裡紅成一朵嬌豔的臘梅。

女兒怎麼聽都覺得：「那是把拔心太軟吧，哪是妳！」

後記：你問我，結果他們的女兒像誰呢？因為這是一則喜劇，我一定要回答你：像媽媽。

心太軟

微糖小點——05

冬至做一道心太軟，
是升級版的湯圓喔！

■ 材料：

大紅棗20顆。

糯米心：糯米粉50公克、清水25公克。

甜汁：冰糖80公克、清水250公克、桂花醬1大匙（甜度可依喜好調整）。

■ 做法：

1. 乾紅棗泡水半小時，用剪刀剪開一條縫，以小刀把籽挖出。
2. 糯米粉與清水混合揉成糰。
3. 糯米糰搓細長塞入紅棗心，擺放小鍋內。
4. 電鍋先放一杯水，按下開關，冒出蒸氣後，放入做法3的紅棗蒸八分鐘。取出，稍微放涼，讓紅棗內的糯米糰定型。
5. 甜汁煮沸，放入做法4的紅棗，小火熬煮十五分鐘讓糯米糰吮飽甜汁即成。

06

他說的，關於愛

微糖年代

許多年後，當安先生面對裹著毛毯、兩眼盯著螢幕、看都不看他一眼的老婆時，他便會想起哥們阿贛帶他去找冰棒的那個遙遠的下午。

他跟阿贛是在籃球場上認識的。大學聯考前半年，念煩時，兩人就到國中籃球場上找人鬥牛。長手長腳的阿贛老蓋他火鍋，他開始猛練後仰跳投。他個子雖不高，彈性卻奇佳，會精算跳投的角度，數學是他的強項。後來阿贛考進中山企管，他上了成大前景正夯的環工。

某個春假，阿贛上台南找他，說要去吃鹹冰棒，小時候在鹽山吃過。兩人騎著摩托車，跑到七股鹽山尋找著名的鹹冰棒。他吃完一枝杏仁鹹冰棒，又吃一枝核仁蛋黃的，還不錯啦。兩人望著滑雪場一般的鹽山，舔著冰棒，他說愚公移山移的如果是鹽山，許多人會來幫忙挑擔吧。

他們走回停車的廊下，一個高中女生坐在摩托車上哭泣。如果不是她看來實在還是個少女，那種哭法，簡直就像個被遺棄的女人。沒有出聲，但淚水滂沱，湧出一陣，稍停歇，又止不住地泉湧出來。

兩個男生互望一眼，阿贛聳聳肩。安沒有妹妹，不知道怎麼樣安慰女孩子，硬著頭皮上前：「妳怎麼了？」

「我的狗狗死掉了。」

真可憐。「牠幾歲？」

「牠比我還大，十六歲了。我一出生家裡就有牠了。」

喔，這個女生還不到十六歲，不過十六歲的狗，也算壽終正寢了吧。他嘗試說一點安慰的話：「不要難過，能陪妳長大，也很幸運了。我小時候家裡養過一隻黃金鼠，才養兩年就死掉了……」

少女和阿贛都很稀奇地看著他。阿贛講話了：「你幹嘛拿老鼠跟狗比？」

「都是寵物啊。」

「但你就不能在牠脖子上繫根繩子，帶牠出去遛啊？」

「你要繫也可以啦！」他說：「動物有牠們自己的生存週期，這是沒辦法的事，但是你愛過牠，牠一定更愛你。只要愛過，你就比別人心裡面多一點什麼。」這些話，是從基督徒室友的話語轉換而來的，不過室友說的是信仰。

少女睜著水汪汪的大眼睛望著他，淚水又泉水般噴出來。良久，很堅強地抿一抿嘴：「我沒事啦，你們不用管我。」他倆原地不動。少女不耐煩了：「我不哭了，真的不用管我。」

「不是啦，」他說：「這是我的機車。」

那天，少女便走開了，他也沒那麼無聊去追求一個未成年的小女生。其實他們只差五歲，然而那當下，一個大三男生跟一個高一女孩子，天地是迥遠的。重逢已是多年後。

將近十年後，阿贛先遇見那女孩，在KTV，兩人各自被好朋友拉去，大概有意介紹他們認識吧。阿贛不敢領教，那女孩子伶牙俐齒的。阿贛一唱歌，她就笑。阿贛喃喃自語：「每次唱歌都有人說我會走音，我一點都不覺得啊。」女孩隨口答腔：「所以才叫作音盲啊。」眾人笑翻了。

他看著女孩，忽而感覺似曾相識，一問之下，台南人。大家瞎起鬨，說娶台南新娘最好了！阿贛仔細看她，頭髮留長了，眉眼還是少女模樣。他當場就給安打電話：「你知道我遇到誰？」

「誰？」

「她家狗死掉的那個女的。」

「誰的狗死掉？」安一頭霧水，這阿贛沒頭沒腦在說什麼。

「鹽山啊，我們去吃鹹冰棒，你還愚公移山啊。」

到底在講什麼亂七八糟的？安還是過去了，一進包廂見到那女生，他就呆住了。

這些年不是沒想過那雙眼睛，他從沒見過世上有人淚腺如此發達，能瞬間湧出那麼大量的淚水，當年如果讀醫，一定會想研究這個案例吧。對這少女的記憶無關美或不美，是那種澎湃的情感很打動他。他會在忽然解開某道數學程式，或鳥園裡與一隻貓頭鷹四目相對，或聽著莫札特長笛四重奏宛轉樂音的神秘時刻，忽而想起那一雙眼睛。記憶裡的雙眼永遠充盈著淚光。

現在，坐在角落裡拿著麥克風、唱著楊乃文的〈女爵〉、雙眼盯著螢光幕眨也不眨的認真女生，轉過頭來對他笑一下，唱出最後兩個字：「滋味——」還吐一下舌頭。她的臉仍然稚氣，但是眼神長大了。她還能像當年那樣哭泣嗎？

阿贛搭著他的肩，問女孩：「欸，記得我們兩個嗎？妳的狗狗死掉那年？」

女孩吃驚地摀住嘴，來回看著他們兩人，慢慢點頭，然後看著安說：「我記得你說過的話。」

「我說什麼？」

她臉紅了。

他說的，關於愛。兩年前，她決心跟男友分手，把心撕開的痛楚中，她曾想起多年前失去狗狗，自己胡亂搭公車，到處亂走，坐在一台機車上頭哭泣，有個大哥哥對她說：「只要愛過，你就比別人心裡面多一點什麼。」

那究竟是什麼呢？如今她從悲慘中慢慢復原，察覺自己並沒有恨意，仍然感謝前男友給過她的愛，給過她浪濤般的激情。愛情的濃度，被他一再的出軌稀釋又稀釋，她還是願意記得，他們擁有過原汁原味的愛，分手後，才不至於讓所有情意蕩然無存。那「多一點的什麼」，是對心的信任嗎？

大哥哥來到她的眼前，她的雙眼忽然漲滿淚水。

婚後，安為她做的第一件事情，就是陪她去領養一隻狗。一隻白色米克斯中型犬，已經兩歲多了，流浪過，眼神裡仍充溢著對主人的愛意。牠把女主人當作情人，把安當作僕役。

夜晚，一人一狗窩在沙發上看韓劇。安拿著拖把，從廚房一路拖到她們腳下，害她還得把腳曲起來縮進沙發裡。狗狗低吼一聲，接著汪汪吠叫起來，但不是因為拖地的安擋住了牠的視線，是聽見了烤箱計時器「叮」的一聲。啊，他今天烤了杯子蛋糕，用韓國柚子醬做的、不添加奶油的健康杯子蛋糕，給心愛的老婆配韓劇的小點心。

安上哪學的？食譜都有啊，開玩笑，他是一個數字精準的工程師，只要有配方，有材料，有一個精確的秤，沒有他做不到的。

吃了不發胖的低糖蛋糕。

柚香杯子蛋糕

微糖小點——06

■ 材料：

蛋白6個（約200公克）、白砂糖90公克、鹽1.5公克、柚子醬40公克、塔塔粉1.5公克（或檸檬汁3毫升）、低筋麵粉90公克。

■ 做法：

1. 蛋白、鹽混合，以攪拌機低速打至起泡（也可手打，但很費力！），白砂糖分幾次加入，中速打至蛋白稠密呈鷹嘴狀。
2. 倒入塔塔粉、麵粉，攪拌均勻，加入柚子醬拌勻，完成蛋白麵糊。
3. 烤箱預熱。
4. 將蛋白麵糊倒入紙杯模或小蛋糕模具，最後在每杯麵糊表面輕輕放上一顆柚子醬果粒（材料外）。
5. 放入烤箱190度，烤約十六分鐘，至顏色金黃有彈性即可出爐。

07

誰留下這紙條

微糖年代

這個爭議，到老，都不會有解吧，關於他倆當初到底是誰追誰！

他倆同時來到洛杉磯，確是同時，同一班飛機。他先看上這房子的，沒跟一大群台灣同學住一起，他怕吵。包租下來後，想找個男室友，最好是老外。學長帶來一位台灣同學，還是個女生，完全枉顧他的聲明。沒想到對方一眼就看上這房子，而且竟然不介意室友的性別。這女人真大膽，她看他的眼光，根本沒把他當男性。

有點輸人不輸陣的意味，他一口就同意了：「好吧，本來是想租男生的。」流露我也沒把妳當女人喔，那樣的眼神。

本來他先占了較大的房間，女生在他房門口張望了一下：「可以跟你換嗎？我東西比較多。」大間要多攤一點房租，隨便妳！他說。就那樣的開始，兩人說話都沒什麼好氣。

不久麻煩就來了，他真的很後悔，這女的不只東西多，主要是亂！她的房間亂不關他的事，問題是亂到客廳來，實在不要相信女人比較勤快這種鬼話。她每天進門後，鞋子脫成什麼形勢，到第二天穿上它們為止，就維持那形跡；有時穿了別雙，那一正一反的鞋子就一直杵著，像擲了聖筊，捨不得還原。

在他們變成男女朋友之前，就這樣做了將近兩個月的筆友和飯友，
兩人都刻意多做一份菜留給對方，然後避開。

有天，他實在忍不住，蹲在地上收拾了一下，這一雙，那一雙，這女的到底有多少鞋子？她出聲時把他嚇了一跳。她饒富興味地俯視他：「嗳，你這樣蹲著走路，很像武大郎耶。」

兩人的互動，是從一碗南瓜銀耳羹開始的。

他感冒咳嗽了一陣子，有一晚，隔壁巷那個念教育的女孩子來敲門，端了一大碗熱湯，說她燉了一大鍋，沒等他反應，就急急忙忙走了。這女生還滿漂亮的，上禮拜研究所裡同學過生日，聚會中遇見她，聊起來才知道兩人住那麼近。她說起：「你女朋友很可愛……」他一愣，知道她誤會了，急忙撇清的表情，自己都覺得太誇張了。

他把南瓜羹端進屋子，忽然坐立不安起來。女孩子這樣算是告白嗎？碗蓋上貼了張小紙條，寫著：「南瓜潤肺，銀耳益氣，祝早日康復。」對喔，那天在同學家，有一陣他突然咳不停，大家還亂七八糟討論過止咳的種種偏方。那女孩很細心，說不定真的適合他？

可是他根本不想交女朋友，出國前才被女友甩了，照前女友的說法，他還得感謝她，她說：「我沒有在你當兵的時候提分手，我等到你退伍喔！」女人的邏輯太奇怪了，她們喜歡你的時候，把你黏得一點自己的時間空間都沒有，希望你隨傳隨到；等想踢開你的時候，還要找一堆道理，讓你承認都是因為你沒把她放在第一位……

啊，煩死了，他把南瓜羹往餐桌上一擱，騎著腳踏車出去轉。

回來時天已黑了，他順便在老墨的超市買了捲餅，想晚上炒個肉醬，自己來做個中墨合璧的捲餅。廚房碗槽裡泡著個大碗公。什麼？室友把整碗南瓜銀耳羹吃掉了，還把碗擱著沒洗？什麼女人！他邊洗碗心裡邊罵。

她房門關著，門下溢出的光顯示她在家，卻始終沒出來。做捲餅時，不覺疑惑起來，那女的吃飯了沒？明明在家沒半點動靜，也沒出來弄飯吃，廚房裡的痕跡，就只有那個剛才泡著水的碗，難不成她就把那當晚飯吃？要不要叫她出來吃捲餅？說真的，他把捲餅在熱鍋上烘一下，捲上他自創的肉醬，還滿美味的……。啊，管她去死！

他第二天起床時，她已出門了，餐桌上留下一個荷包蛋、兩片煎好的培根，和一張紙條，說做了早餐，請他自己烤吐司就可以吃了。他一頭霧水，幹嘛幫他弄早餐？

望著那個還算完整的不規則形荷包蛋，咀嚼冷掉硬得發脆的培根，他忽然弄懂了一件事：她以為那碗南瓜銀耳羹是他熬給她的！在這屋簷下，兩人都感冒了，也不知道是誰先傳染給誰。

基於禮尚往來，那天下午他出門前滷了一鍋肉，也在餐桌上留了紙條，請她努力加餐飯，說她太瘦了。

在他們變成男女朋友之前，就這樣做了將近兩個月的筆友和飯友，兩人都刻意多做一份菜留給對方，然後避開。尤其是他，張望了她的課表，故意錯開她。他真的需要想一想，交女朋友很累，尤其是那種每天用鞋子搏杯的女人。

在他決定要跟她一起在廚房裡做菜、一起晚餐的那個下午，他先去敲了隔壁巷子女孩的房門，把那只一直在他心裡懸而未決的碗公還給人家。

後來每說起這段往事，他不免搖頭：「妳的神經真是夠大條，難道沒發現那張紙條不是我寫的？我從頭到尾不知道那碗南瓜銀耳羹到底好不好吃？」

「好吃極了！」她高聲說。

她始終沒有告訴他，第二次看到紙條時她就發覺筆跡明顯不同了。那些紙條，她丟在一個小盒子裡，包括第一張紙條。一直沒有扔掉，只是因為她懶得整理而已。

微糖小點——07

南瓜銀耳羹

夏天可冰鎮後食用！

■ 材料：

南瓜一大塊、銀耳一碗（市面上有售新鮮白木耳，若使用乾銀耳須先用溫水發泡）、紅棗一把、桂圓乾一把、冰糖一把（依喜好甜度調整）。

■ 做法：

1. 南瓜切塊，紅棗泡十分鐘、去籽，桂圓乾沖洗一下。
2. 煮一小鍋水，水開後放入南瓜，小火燉煮約十分鐘至軟。
3. 放入銀耳、紅棗、桂圓，小火續煮十分鐘。
4. 放入冰糖攪拌融化後關火。

08

台北下雪了

微糖年代

開在她前面的這輛紅色TOYOTA，後車廂凹了一大片，顯然從後頭被撞過，沒去整修。那司機彎身從右座前置物箱摸索著什麼，使她凜然，小心保持著距離，像走在路上自動避開喃喃自語者。那司機好像摸出個什麼放入口中，從後頭當然看不清楚，只是那動作令她覺得：他在刷牙。

他在刷牙，他的車爛成那樣還不整修，他的背影遠遠看來像是……！她跟隨著這輛車，開向……開向「那個人」家的巷子……

是那個人嗎？她只是覺得背影很像，只是因為動作很像，只是因為車很像。他是他嗎？無論是不是，她跟著他做什麼呢？

她滑向路邊停了下來。神經病啊，那人不是移民了嗎？我跟著一部爛車幹嘛？她想著，那輛車進那死巷應該會停下來，然後司機會下車，如果她想確認，還來得及去看看。可是看了又如何？

她的臉趴在方向盤上，慢慢平撫快速跳動的心臟。不可思議啊，分別已經十七年了，遇見一個背影相似者，她居然還會心跳加速，居然手心還會流汗，居然還不由自主一路尾隨？

以為已經不在意了，竟忽如一個浪潮打回來，打得礁上的人渾身濕透。

她並不是個瘋子，隨便看到個路人甲，頭型略似者便以為是他。主要是他的動作。他有一顆牙，靠近智齒，缺了個洞，本來找牙醫補補即可，他卻遲遲不行動，寧願每次吃東西之後立刻去刷牙掏出殘渣，那角度是連牙籤也不好處理的，只有靠牙刷，他隨身攜帶著牙刷。她無法理解，這不是更麻煩嗎？他的車跟人擦撞，凹了便凹了，亦不整修。

其實剛才，她根本沒有見到牙刷，那麼遠，也不可能看得清楚，是因為她主觀上已經認為是他了，才想像成他拿了一支牙刷。都十七年了，難道牙齒還沒補嗎？那輛車也不是當年他開的車，只不過都是紅色罷了，難道他的每輛車都要被撞嗎？唉，不是他吧，是自己的想像吧？

那年他們在同一棟大樓上班。她做旅行社內勤業務，他開一家文具進口公司。兩家門對門小公司的員工，從其中兩個年輕女孩子相互串門、熟識，慢慢擴散成兩公司人大半互相認得，有時中午還一起出去吃合菜。

有一回大夥吃飯聊天，忽然靜了一下。她問旁邊：「怎麼了？」「我們老闆也來了。」自古員工都不愛老闆，這老闆這麼不識相跟來？她抬頭張望，這老闆也太年輕太帥了吧！

他看她一眼，對員工說：「你們背著我跑來吃好吃的。」有人說：「你不食人間煙火啊，每次問你要不要出來吃，都沒理我們耶。」有人弄了把椅子，他就著她對面坐了下來，一邊跟大夥談笑，卻好像都是對她說的。她感到惶恐又迷醉，對他的聲音迷醉。

後來，他們有說不完的話。他說話的語音是節奏藍調，是納京高的〈Mona Lisa〉，把她吸入唱片轉盤之中。她的心跳、呼吸，追隨他的話音，共振，頡頏。

他開始等她下班，為避人耳目，她搭一段捷運再跟他會合。最初她只是討厭三姑六婆的關切。她怕吵，有時坐在話多、音質尖銳的女生旁邊，會不自覺揉揉耳朵，覺得耳朵痛。交往四個月之後她才明白，是該避人耳目，他已經訂婚了，未婚妻也到公司來過的。

回想起來，那段時間是被點穴了。她放任自己，像站在曠野上任風吹拂。他們無邊訴說的童年、成長、閱讀、旅行、音樂……，把她一輩子說話的配額都快用完了。他親吻她的時候，寬闊的胸膛把她完全包覆。她閉上眼睛，讓風滑過肌膚，讓心室颯颯鼓脹。有時，她睜開眼清醒過來，找不到自己了。她發覺自己是化開的冰，沒有了形狀，無邊流淌……

她想跟隨他從容的步伐，一切以後再說，船到橋頭自然直……，但是關不上耳朵，流言已經蔓延。她耳朵痛，痛進腦核的深處。

那一天，他們默立龍谷瀑布下。她著迷般看著沿峭壁激奔而下的白絹，每一秒鐘，那匹白練滾動的姿態都不一樣。以前她喜歡看雲，雲是水最靜默的舞姿，原來認真凝視，瀑布之水亦是千變萬化。

他們看了很久很久，他忽然說：「瀑布還滿吵的。」她笑了。在震耳瀑聲的掩護下，她脫口說出盤在心裡的話：「這段時間很美，很美。我幸福過。我真的幸福過。」話一出口，過去式的語法忽然就成立了。

流言已經蔓延，在那棟辦公大樓裡。有時她走進洗手間，聽見裡面交談的女孩，忽然切掉聲鈕；有時卻又沉沉射出一箭：「好假。」那些話語會追人，追進她敏感的耳膜。她被刮刺著，如鱗被拔起，如指甲被掀開。

身旁的男人卻總能雲淡風輕，她這才明白，世上有這樣一種人，真正的浪漫，能夠完完全全地享受愛情。她很羨慕。他是詩人，他是歌者，他是愛神眷顧的孩子。面對愛情，他根本沒有揀擇的困擾。她明白自己不是這種人，要求他選擇，只顯得自己乏味、愚蠢。

從谷關回來兩個月後，驚天動地的九二一地震，把通往龍谷瀑布的路整個摧毀。她心痛看著關於地震種種報導。她原來的辦公室在十四樓，一定搖晃得極恐怖吧。她沒去問。她已離職，連電話都換了，她徹底從他的世界裡退出。

她飄蕩了幾年，離開了旅行業，來到一家茶藝館工作。茶藝館裡常播放的古琴曲，終於把她的身心安頓下來。琴曲多疏淡，時聞琴弦摩擦聲，泛音杳杳，說不盡的蒼涼。

兩年後，她嫁給了常來喝茶的姜教授。他們喊他老姜。老姜大她十一歲，離過婚，帶著一個五歲的男孩。男孩對她異常依戀，他們感情好到她有時會困惑自己是為了做他的母親而嫁給教授的。她沒有生育，沒有人要求她為這孩子犧牲，但她並不覺得犧牲，要在這家庭裡製造出同父異母的弟妹，光想就覺得複雜頭痛。

老姜第一次帶男孩來茶藝館，是個潮濕的下雨天。午後幾乎沒有客人上門。老姜沒課，去幼稚園把上課中的小孩接出來跟他一起閒晃。她從屏風後面見到一大一小兩把傘插進茶藝館玄關充作傘桶的陶甕裡，她迎出來，不知何故，順手就牽住了小男孩。

她為他們泡茶，為男孩解釋每一個動作。煮水，溫壺。她右手持茶則，左手執茶葉罐，輕轉茶葉罐，看茶葉掉落茶則中，拿把小匙把茶葉撥平，傾入壺裡。注水，倒出茶湯，她說：「這是洗茶。」男孩問：「就這樣洗？」「就這樣洗。」然後她取一條素白的茶巾，拭乾壺底，再注開水，泡出第一泡茶。

她請兩位聞香。男孩問：「要用聞的？」

「對，先聞聞看。」

老姜問孩子：「什麼味道？」

男孩說：「熱熱的味道。」

她始終記得這個下午，熱熱的味道。男孩看她泡茶的每一步驟，目不轉睛。他的長睫毛漆黑微翹，她看他看呆了。她從來不知道自己會喜歡小孩，平常在餐廳裡每聽見孩童吵鬧、奔跑，都在心裡默默埋怨他們的父母：為什麼不管一管？這個孩子卻觸動她內心從未開闢的領地，他對她說的話，像踩在輕軟的沙灘上。

他明明是個極其專注的孩子啊。事後，老姜卻對她坦白，男孩發展遲緩，一度懷疑是自閉症。老姜帶著他跑遍各大醫院兒童發展評估中心，確診不是自閉，而是認知發展遲緩，也就是智力不足。她極力壓抑內心的震驚，也鎮定聽著老姜第一次對她談起自己的婚姻。

親友們都認為他的前妻是因為不能接受這樣的孩子而放棄這個家庭，他仍持平為她辯解。他知道自己必須負很大的責任，但他實在力不從心。婚後他一邊工作，一邊讀博士班，妻在家帶孩子，她認為家事必須兩人分擔，育兒的艱辛猶勝工作讀書，尤其他不是普通的孩子。他理智上能夠理解，但拖著疲憊身心回到家中，見到留給他收拾的一片狼藉，每每使他煩躁挫折。他寧願整晚蹲在地板上，和安靜的兒子砌築他千篇一律的城堡，用小車車反覆教導他別的孩子一學就會的數數，卻提不起興致躺在妻的身邊。是他先疏離了她。她拿走了房子，留給他兒子，他尊重她的選擇。

「在感情上，有時女人比男人更決斷。」老姜對她說這話的時候，她覺得耳膜針刺了一下，想起自己當年離開的方式，那麼冷靜。

她伸手碰了一下老姜額前垂落的髮絲，細看他的臉，其實他不過四十歲啊。他的濃眉下疲憊的雙眼，原來小孩的長睫毛是遺傳老姜青出於藍啊。她想為他們泡茶，這一生。

她發動引擎，家裡有依賴她的父子等待她，剛才的心跳加速，只是因為驚訝，只是平靜的琴弦忽然被撥動罷了。她和老姜，兩顆有過傷痕的心靈，在茶藝館裡聽著古琴流水之音，慢慢靠攏在一起，是那麼自然樸實的愛，她很珍惜。

記得新婚蜜月，她堅持一家三口一塊兒出遊。他們來到美加交界的尼加拉瓜瀑布。他們各自懷著心事。她想起龍谷，報導中總說地震毀了谷關的瀑布，其實瀑布還在，毀的是道路。當年使她心碎的所有流言蜚語已褪色透明，她回望過往，喜歡過的那男人，是心中一座到不了的瀑布，那是她內心的秘境。

丈夫緊緊握了一下她的手。一直安靜注視著瀑布的孩子，回過頭對她說：「瀑布裡面有小白。」

「有什麼？」小白是他們家隔壁養的一隻白色約克夏。

「我只要一直看同一個地方，一直看一直看，就會看到小白跑出來。」

她激動得濕了眼眶，這不是想像力是什麼？「你再繼續看，看看還會跑出什麼來。」她好欣賞這個孩子，他只是學習的速度慢一點，但是沒關係啊，就讓世界緩慢下來啊。

不久前，茶藝館新進今年春季的「雪包種」。因為年初一場霸王級寒流，台北山區下了百年罕見的大雪，降雪期間恰是茶樹萌芽期，茶芽在低溫下生長，速度減緩，葉片較往年厚實，滋味格外豐富甘甜。茶農把這大雪淬鍊過的茶品叫作「雪包種」，百年僅見。

啊，她還記得台北下雪的那一天，他們一家興沖沖開車上五指山，滿山竟成冰霜世界。那一天，恰是孩子的生日，在他即將告別童年、升上國中前，意外擁有一個銀白色的生日，應該會終生難忘吧？他們一家在雪中，那樣驚喜，那樣快樂。

而那冰雪，就凝佇在這一片片蜷曲的清香葉片裡了。他們喝過幾回，十二歲的孩子也習慣跟著她喝茶，滿口說：「我要喝下雪過的茶。」

一下子天就熱了，今年暴冷暴熱，年初下雪，而六月未來，竟已如炎夏。小孩不再跟著喝熱茶，頻頻打開冰箱張望。昨晚，她心血來潮，把泡開的雪包種，加吉利丁粉、少許的糖，做了茶凍。

她慢慢把車開回家，浮躁的心事，在緩慢的車速裡逐漸涼冷澄定。昨天冰鎮的茶凍，可以拿出來吃了。把雪凝固在裡邊的茶凍呢，小孩一定覺得有趣吧。

微糖小點——08

茶凍

■ 材料：

1. 茶葉（任選喜歡的茶種，好茶更適合做茶凍）、熱水300毫升。
2. 吉利丁粉2茶匙。
3. 糖1茶匙。
4. 鮮奶油少許。

■ 做法：

1. 200毫升熱水泡茶，過濾雜質。
2. 100毫升熱水拌溶吉利丁粉。
3. 做法1、2混合，加糖攪拌溶化。
4. 倒進模子裡，放冰箱兩小時以上。凝固後倒出，切成小方塊，淋少許鮮奶油即成。

茶凍

好茶凍，關鍵在好茶！

09

那個叫椰子的男人

微糖年代

遇見椰子，她百感交集。有些人與你的生命交會，他既不是你的親人、朋友，也不是仇敵、競爭者，你們沒有任何利害關係，他卻對你的人生，或說是命運，發揮了某種影響力，連他自己都不知道的。椰子對她而言，就是這樣一種人。

椰子好像姓葉，大家都喊他椰子。他們只見過一面，在她家裡，她和先生還說話的時候。

那天來了許多人，是個濕冷的天氣，她先生請同事們到家裡來吃火鍋。結婚以來，先生請過幾次朋友，三五個人，她也樂意做幾道外觀精美的菜，讓老公在朋友面前有點面子。但那天人實在太多了，她做不來，天冷，火鍋省事，也有樂趣。

雖然火鍋方便，她還是在廚房裡忙了一下午。所有作料洗洗切切，煎蛋餃、做肉丸子、炸芋頭、炸蒜瓣、熬高湯，這些她都自己動手，不用現成的火鍋料。最後炸一個鰱魚頭，先把湯頭做好，客人就可以自己動手燙肉片、蔬菜了。

那天婆婆也在，到廚房張望要幫忙嗎？她說不用不用。她只希望老公來幫忙擺碗筷、端盤子，偏偏老公跟客人聊開了，不進廚房。有個年輕女孩過來，執意要幫忙，她說真的不用，幾乎動氣。對她而言，做菜是嚴肅的事，每一道程序都需要思考，怕被打亂。她不是熟手，更不是天生的廚子，但是認真。

年輕女孩插不上手，也不離開，站廚房門口跟她婆婆聊起來。見她爆蔥，爆至焦香，她說：「我們家火鍋不是這樣做耶，我媽煮的比較清淡……」她婆婆附和：「清淡才好！」她火大起來，大鍋高湯淋下，丟進炸魚頭，開大火煮滾，再轉小火熬湯。

這空檔，她尋先生去，讓他張羅大家到飯廳來。老公不在客廳。她往書房走，其實家也不是很大，哪有那麼難找，只是客人要來，她把每個房門都關起來，一時不知道老公躲哪去了。

走到書房門口，聽見一男一女的對話：「阿偉的老婆個性一定很鴨霸，妳看，整間書房幾乎全部是她一個人的書……」一個男人坐在她的電腦椅上，搖搖晃晃瞇眼打量一房間的書，旋轉椅轉了半個圈，他的目光對到房門口的女主人，愣了一下。一旁女同事說：「出來啦！」她掉頭離開。

客人走後，她跟老公大吵一架。老公先是一頭霧水，不知道自己做錯了什麼，等聽她轉述椰子隨口的評語，簡直莫名其妙。

她說：「他根本就不認識我，憑什麼評斷我？」

「既然根本就不認識妳，他說什麼很重要嗎？」

「像這種朋友，以後就不必來了！」

「妳這種口氣還不鴨霸嗎？」

原來如此。她不說話了。她打開冰箱，那是一早做的草莓夏洛特。這天市場買到新鮮漂亮的草莓，貴死了，她不惜下重本買了三大盒，一半攪成泥混合在奶醬裡，一大半擺滿蛋糕上。夏洛特必須冷藏四小時以上才能定型，她小心翼翼做好美麗的夏洛特，準備大家吃了火鍋之後拿出來，接受眾人驚豔的讚歎。

然而這下什麼都不對了，她沒有興致拿出甜點了。等到客人走後打開冰箱，皇冠般奪目的夏洛特蛋糕忽然使她悲涼起來。

她端出蛋糕，切也不切地就拿根湯匙挖著吃了起來。草莓原汁原香的慕司，好吃得一口接一口，她驚人地吃掉了一整個蛋糕！

從那一天起，她跟老公再不曾說話。他們沒再吵架，就只是不說話了。從那一天起，她忽然暴瘦，對食物失去胃口，尤其不再碰甜點了。

她覺得頭痛，從齒根一路痛上來，懷疑自己整個牙床都爛了。去看牙醫，只是輕微的蛀牙，醫師卻說：「妳有咬牙的習慣，不太好喔，久了，連臉型都會變喔！注

市場買到新鮮漂亮的草莓，一半攪成泥混合在奶醬裡，一大半擺滿蛋糕上，
皇冠般奪目的夏洛特蛋糕忽然使她悲涼起來。

意營養的均衡，尤其心情要放輕鬆……」

所有壞事都在同時間到來。她有份銀行的工作，但同事沒人知道，她偷偷寫著小說，寄給報社不是石沉大海，就是立刻從電子信箱傳來退稿信，有時速度快得令人懷疑那信箱自己會審稿、退稿。她還是把陸續寫了十幾萬字的短篇小說收集、列印，寄給了四家出版社。過了一段時間，有三家出版社陸續把稿件原封不動退回，只剩下一家沒有動靜，她以為被認真考慮了。就在老公請同事到家來的那禮拜，僅存的最後一線希望，第四家出版社也退稿了。

那個叫作椰子的男人，坐在她每晚伏案寫作的椅子上，環望四周她的愛書，輕鄙地對旁邊的女孩子說出：「阿偉的老婆個性一定很鴨霸，妳看，整間書房幾乎全部是她一個人的書……」好像是出版社派來嘲諷她的人馬。

是從那時候開始咬牙的嗎？還是更早？她慢慢回想，自己究竟何時開始養成咬緊牙關的習慣？她照鏡子，臉型變了嗎？下頷變大了嗎？

現在這個叫椰子的男人走到她的面前，把號碼牌丟進面前的壓克力方盒子裡，遞上存款簿、存款單、一張支票。她請對方在支票後面填上銀行帳號、簽上大名，男人再確認一次：「帳號是填這裡嗎？」看了她一眼。她回視他，心下忖度著，如果他打招呼、哈啦起來，要以什麼樣的表情面對這個人？他知不知道他讓他們夫妻冷戰了幾個月？

然而他的目光掃過她的臉之後，隨即回到支票上，像小學生一樣，規規矩矩地把數字填進那些格子裡，又怕自己填錯，反覆查對……

看來，這個人完全不記得她是誰了。他到他們家來，大吃大喝，隨口批評女主人，對她的個性下斷語，卻根本連她長什麼樣子都沒看清楚。她忽然好笑起來，這一微笑，咬緊的牙關不自覺鬆開了。男人以為她對他笑，也報以羞赧的微笑。她看看支票，記住了他的名字。

那天下班她去超市，幾個月了？他們夫妻各吃各的。先生多半在外頭吃完了回去，而她，亂吃，甚至沒吃。有時聽見他晚歸，在櫃子前翻東西，等她聞到泡麵的香氣，只吃幾根關東煮的肚子，跟著餓了起來，那時真的很想去「分一杯羹」啊。

她買了蘆筍、洋蔥、培根、鮮奶油、螺旋麵，只要半個鐘頭，就能做一道美味的培根蘆筍義大利麵吧。走到水果區，沒有草莓，對喔，已經七月天，哪有草莓！啊，他們各自亂吃也過了快半年了。

她聞到愛文芒果的香氣。那氣味強烈地召喚她，她想像著做一個芒果夏洛特跟老公分著吃，想得心都痛了。

註：夏洛特蛋糕是一種歐式甜點，以蛋奶打成的巴伐利亞醬，混合水果或是巧克力慕司，外圈圍以「手指海綿麵包」，形似十八世紀時歐洲貴婦喜歡戴的綁緞帶的帽子；據說英國國王喬治三世的王妃夏洛特帶動了此種帽子的風潮，這種蛋糕便以「夏洛特」為名。

微糖小點——09

草莓夏洛特

隨季節遞換水果，芒果、鳳梨、櫻桃都是不錯的選擇。

■ 材料：

1. 手指海綿麵包：蛋3顆、細砂糖80公克、低筋麵粉90公克、擠花袋1個、糖粉少許。（在烘焙專門店也可買到現成的。）
2. 巴伐利亞奶醬：吉利丁3片、鮮奶200毫升、蛋2顆、細砂糖60公克、鮮奶油200毫升。
3. 草莓醬：吉利丁1片、草莓150公克、細砂糖30公克。
4. 裝飾草莓：約350公克。
5. 蛋糕模1個。

■ 做法：

1. 手指海綿麵包：
   A. 蛋分離出蛋黃、蛋白。
   B. 使用電動打蛋器，中或高速，將3顆蛋白打發成鷹嘴狀，慢慢將80公克砂糖加入，邊加邊攪拌均勻。
   C. 3顆蛋黃打散後，慢慢倒入打發的蛋白中，攪拌均勻。
   D. 90公克低筋麵粉拌入蛋糊中，拌勻。
   E. 前項完成的麵糊倒入擠花袋中，裝上直徑約兩公分的圓嘴。
   F. 烤盤鋪烤盤紙，擠上長十公分的條狀麵糊，約可擠十八條，擠完為止。
   G. 用細濾網輕撒糖粉，靜置兩分鐘後，再撒一次。
   H. 進烤箱180度烤約十五分鐘左右，烤至色澤金黃，冷卻即成。

2. 巴伐利亞奶醬：

A. 將吉利丁3片浸泡冷水中軟化。

B. 鮮奶200毫升入鍋加熱至邊緣冒小泡。

C. 2顆蛋黃和60公克細砂糖攪拌至微微膨脹。

D. 熱牛奶倒入前項蛋黃中，一邊攪拌。均勻後放入鍋中，中小火加熱，一邊不停攪拌，接近沸騰前離火。用濾網篩瀝一次，去除渣渣。

E. 軟化的吉利丁瀝乾水分，加入做法D的奶醬中，攪拌至融化，靜置二十分鐘。

F. 電動打蛋器以中速將200毫升冰涼的鮮奶油打至鷹嘴狀。

G. 將打發的鮮奶油拌入做法F的奶醬中拌勻，即成巴伐利亞奶醬。

3. 草莓醬：

A. 吉利丁1片冷水泡軟。

B. 草莓洗淨去蒂，加入細砂糖30公克，放入食物調理機攪打成泥。（草莓易碎，也可直接壓碎攪拌，不一定要動用食物調理機。）

C. 取1/3做法B的草莓泥，放入小鍋中小火加熱三分鐘。放入吉利丁，離火，攪拌至吉利丁融化。

D. 拌入剩下的2/3草莓泥，攪拌均勻，即成草莓醬。

4. 裝飾：

A. 取120公克的草莓醬加進巴伐利亞奶醬中拌勻。

B. 取一個蛋糕模，手指海綿麵包底部沾剩餘的草莓醬，一個一個圍繞排滿蛋糕模內壁。

C. 模型底部排滿新鮮草莓。

D. 倒入巴伐利亞奶醬，上層留約兩公分。

E. 最上層排滿手指海綿麵包。

F. 放進冰箱冷藏四小時。倒扣脫模即成。

IO

愛情就是這樣到來嗎？

微糖年代

天黑了，拿著遙控器胡亂選台，大拇指按著按著，她的視線在這個畫面上停留了下來：四大洲花式滑冰錦標賽。場上是楓葉國的選手，一個雙人三迴旋跳，而後快速扭轉托舉。真美啊，這樣的雙人冰舞！她對運動毫無興趣，唯獨喜歡看花式溜冰，冰晶世界裡的迴旋曲，是最華麗的運動。她的大腦汩汩湧出渴望，甜點、法式布丁、燉蛋、薄脆如冰的焦糖……

把牛奶與鮮奶油倒入小鍋，小火加溫，木杓輕輕攪拌，直到冒出煙氣，周邊微微起泡，啊，優美的燕式旋轉。蛋黃、細糖放碗裡迅速打發，是輕盈的小兔跳。小鍋裡的牛奶慢慢倒入蛋液裡，拌勻，一個後外圓弧的舞步，滑行……

冰舞最美的是必然伴隨著樂曲。莫札特第二十三號鋼琴協奏曲，來到最有魅力的慢板，平靜的秋，寂寞的黃昏……

把調好的牛奶蛋漿淋篩，濾過雜質，一個華爾茲跳；細心倒入幾個小烤杯，滑過一個一個三字步。大烤盤裡倒入一大碗溫水，再把烤杯泡進溫水中，整盤放進預熱過的烤箱，一百六十度，預設四十分鐘，這就完成了燉蛋序曲。

她找出前年在歐洲買的聖誕專輯「貝多芬的最後一

夜」，幾乎年年都有冰舞好手選擇這支搖滾樂劇。她閉上眼聆聽，別睡著，可不能烤過頭。老公未歸，還早呢，他們這種7-11族的工程師。

看他溜冰是多少年前的事了。無冰，只是普通的四輪溜冰鞋，在學校圓形水泥溜冰場上。清晨她散步途中，有個男孩一大早便在那一圈一圈溜著，中間偶爾躍起，做一個簡單迴旋，在她眼中已經是厲害的高手了。

她索性趴在欄杆邊上觀看，可能因為小時候曾經跟爸媽去看過美國白雪溜冰團，隱約記得極華麗的歡樂歌舞、大羽毛扇、天鵝⋯⋯

那天她夾在爸爸媽媽中間。看溜冰是一則被愛的印記。後來爸媽離異，她跟著爸爸，後來有了客氣的新媽。中年後，新媽發福得厲害，她心中的母親一直是跟白天鵝的記憶交疊在一起的。

生母在來不及發福的四十出頭便病逝了，消息從夏威夷傳來。母親最後落腳在夏威夷教中文，她在台灣時是英語教師，業餘畫畫，過世時留給她一小筆積蓄和一大批畫。那些畫堆放在房間一角，她沒有足夠的牆面展示那些畫，也是顧慮新媽的感受，只掛了一幅約四開尺寸的小畫，畫著一扇窗，窗外一束紫藤垂下，角落簽名旁註記的時間距離母親臨終只有四個多月。她的房間無窗，就把這幅畫，當作房裡的窗。

那男孩一圈一圈溜著，把她引進記憶的窗口，她趴著看，其實沉浸在自己的冥想之中……。忽然男孩通過她身邊時一個迴旋，噢！那樣的摔法，算四腳朝天嗎？她先是驚愕，看他訕訕地坐起，自言自語：「不能在女孩子面前耍帥！」她噗哧一聲笑出來。

第二天她散步經過溜冰場，他已在那兒滑行了。她以前經過這裡時也看過別人溜冰，但在水泥地的小溜冰場上轉圈，並沒有她童年裡冰宮的華麗印象，反而常令她想起曾在動物園看過的一隻狼，嘴裡啣一根木棍不斷地繞圈奔跑。被拘囿的狼，竟懂得自我鍛鍊，保持戰鬥力，她看得有些心酸，童話裡的「大野狼」呢！

但是這個男孩，此刻不再因為她的出現而心慌，他有時前行，有時倒滑，寫著狂草那般大器揮毫，看著，竟不覺得這場地是有邊界的。

她正要走開，男孩朝向她一路筆直滑行而來，那一刻，眼前堅硬的水泥地化成柔軟的水面，他滑水一般破浪前來，來到她的面前，逼近她的臉龐。她不知道別的女生是如何知道自己愛了，愛情就是這樣到來嗎？

他試著教她溜冰，她完全學不來！他牽著她的手，慢慢引導，一放手她就尖叫。他尷尬極了：「妳別這樣叫，人家以為我對妳做了什麼！」他從沒見過平衡感這麼糟的人，他想起前女友，人家一學就會！

這念頭一來，他馬上閉嘴，知道自己犯了大錯，「比較」是一種糟糕的事。他有個從國二就認識，在一起多年，後來自己也不知道為什麼就分手的女朋友。分手後仍然不時聯絡，有時他們在一起，前女友打電話來，他看一看，不接，她心下明白。這種事令她心煩，也想起母親。

母親相戀多年的男友沒有選擇她，和別人閃電結婚了。她嫁給父親始終抑鬱，在她出生後，舊情人重新召喚她的情感，母親在痛苦中選擇一個人避走海外。對她而言，母親是遺棄了她。她知道父親不曾忘記過母親，於是覺得新媽可憐。新媽來時她已經十一歲，大人說，喊阿姨也可以的，她卻願意喊她媽媽。

十五歲那年生母過世，父親獨自去夏威夷為她收拾一切。那些日子，家裡剩下她和新媽，有一晚，新媽抱了抱她，她抬頭發現她掉了眼淚。後母不一定是巫婆。雖然她隱約也知道，那眼淚也許是為她自己流的——她的男人丟下她倆去為前妻善後——她仍然看到了新媽的善良，比起她驕縱的生母，新媽是委曲求全的。那也是新媽唯一抱過她的一次。過後，她就長大了。

人們都說舊愛最美，她只覺得舊愛真煩。她絕不要攪進去！

她躲了他半年，改變作息，改變生活動線，卻在跟同學們跑市府廣場跨年的洶湧人潮中遇見他。倒數計秒時，他倆遙遙望著彼此，口裡跟隨眾人：「十八、十七、十六、十五、十四……九、八、七、六……」煙火轟地炸開，他排開人群走向她，一如那日清晨溜冰場上朝向她，劈開水面那樣地撥開人潮。

他們抬頭看天空，伴著新年音樂的煙火，一朵一朵大開大放。

烤好的燉蛋得放進冰箱冰兩小時。他回來的時間剛好，剛好幫她處理她做不來的部分。她把細紅砂糖均勻撒在燉蛋表面：「快，把你的家私拿出來！」

那是一把火槍，須均勻燒炙燉蛋的表面，讓糖粒融化又迅速凝結成整片薄脆的焦糖。她很怕那把槍，一拿就發抖，怕太近、燒炙太久會焦掉，移開時緊張得一邊尖叫、一邊朝空中亂噴。

他看不過去：「旁邊有易燃物哪！」趕緊接手過來，奇怪了，什麼菜也不會做的他，拿起火槍卻掌控自如。他說：「這就跟我們做板子用的熱風槍差不多啊。」

「做什麼板子？」不是工程師嗎？怎麼聽起來像個土

木工人？

「主機板。」

「在學校學的嗎？」

「在學校裡還用過乙炔切割器，那連鋼板都能切！」講得很厲害，但她只需要他幫她融化燉蛋上的糖霜而已啊。

看他手持火槍，游刃有餘地對著一個一個小烤杯畫圈圈，啊，單人旋轉，滑步，單人旋轉……。她保持距離，就像她始終學不會溜冰，只能遠觀，不能模仿「第六感生死戀」裡男女主角共塑陶坏的一幕。火槍，絕不是浪漫的加溫器！

法式焦糖布丁

微糖小點——10

記得現做現吃，
焦糖放進冰箱會軟掉！

■ 材料：

蛋黃6個、細砂糖50公克、鮮奶油450毫升、牛奶80毫升、香草油2茶匙、小烤杯6個。

■ 做法：

1. 蛋黃、細砂糖攪拌打發。
2. 烤箱160度預熱。
3. 將鮮奶油、牛奶放牛奶鍋拌勻，小火加熱至微微起泡。加入香草油。
4. 將做法1和做法3混合拌勻成蛋漿，用細篩網過濾後，倒入小烤杯中。
5. 大烤盤先倒入一大碗溫水，烤杯泡進溫水中，整盤置入烤箱，160度烤四十分鐘。
6. 取出烤好的燉蛋，放冰箱冷藏兩小時以上。
7. 將細（紅）砂糖 （材料外）均勻撒在燉蛋表面，用火槍均勻燒炙，讓細糖融化結成薄脆焦糖即成。

II

祝福的離婚宴

微糖年代

淑方第一次接到這種訂單，不敢相信地又問了老闆娘一次：「離婚宴？」

老闆娘好笑地點點頭：「確認過了，真的是離婚宴。」

「會不會是惡作劇？」

「已經付了五成訂金。」

「是夫妻雙方一起來訂的？」

老闆娘說起那天接訂單的情形。一對三十出頭的夫妻，說要訂二十八人左右的晚餐。「我說我們這整個餐廳坐滿了，也只有三、四十人，二十八人分散六七桌，不如包場吧？年輕人猶豫了一下：包場會不會很貴？我反問他們，這麼多人，為什麼不找大餐廳呢？女孩子說，這是他們第一次約會的餐廳，想在這裡好好結束。結束？我想我聽錯了，結束什麼？她說結束婚姻啊。我瞪著他們，以為是來戲弄我的，哪有人結束婚姻還要找親友來大吃大喝的！那個女的說，當初結婚時得到了大家誠摯的祝福，既然是理智的分手，也想要好好跟親友說明、道歉，兩家人雖然不是親家了，還是好朋友。」

淑方咋舌：「太誇張了，離婚還要請客昭告天下？」

老闆娘卻說：「我想想也有道理啊，反正離婚一定會被東問西問，規勸、責備、安慰，乾脆統統叫來了，一次講清楚，是這樣嗎？那個男的給我點點頭、終於講話，說對啊，要罵一次罵個夠！」

「妳就答應給他們辦喔？」

「我想想也很趣味，從來沒有看過什麼離婚宴，就來開開眼界，不但給他們辦，還沒收包場費。」

淑方笑出來：「老闆娘真夠阿莎力呀。」那時她在廚房裡不知道有這種事，不然一定跑出來看看這對夫妻長什麼樣子。她追問：「他們有小孩嗎？」

「我怎麼知道！」老闆娘苦笑：「現在人……」忽然警覺，把話嚥住。

淑方離過婚。她說：「離婚、結婚這種事，我不相信有幾個人是理智的。」

她離婚那年，二十六歲，離婚的原因是什麼呢？是因為兩人作息顛倒、漸行漸遠？是因為覺得他不愛她？是因為覺得他沒出息？還是她自己，是她把婚姻變成了沉重的枷鎖？

他們是同一所大學畢業，外文系前後屆。他在學校時是耀眼的，好像對所有好看，或是有才氣的女生都感興趣，滿口曖昧，讓人分不清真假，究竟交往過幾個女朋友她也不清楚。他們是在出版社工作才算真正認識，他因為當兵，學長反而成了她的後輩。她把第一次給了他，半哭半笑、半玩笑半認真地說：「不管，你要負責！」他真的負責了。婚後他說：「是妳追我的。」這話總是惹惱她。

他工作沒多久就辭職不幹，沒法適應規律的上班族作息；弄了一個工作室，有一搭沒一搭的接case。回家見到他時，不是在睡覺就是在閱讀，他白天做什麼、到哪裡去，她渾然不知。他大學時代是令她傾心的才子，婚後偶爾見他端坐電腦前，靠過去張望，卻見他老在打電動！

婚姻，就是在這樣的生活與失望感裡漸漸磨損掉了。離婚是她自己說出口的，她以為他會鬆口氣，意外的是，他堅定地對她搖頭。

淑方忘不了他簽字離婚前說的話：「我覺得我沒有變，是妳變了。我一直就是這個德行……」望著他坦然的眼睛，那一刻，從前愛上他的感覺回來了。

她想起那天從圖書館出來，滂沱大雨沒頭沒腦地潑下來，她得趕去上二十世紀美國文學課，教授會點名的。她把書包夾進薄外套裡，吸口氣預備跑步，一把深藍色雨傘從上頭罩了下來。她轉頭，是那個傳說中只在圖書館、書店出沒，很少上課，每次交報告、作品都打死一干好學生的學長。傘不大，三分之二都給了她。到文學院時，他說：「跑步！妳已經遲到了。」「那你？」學長轉身走掉了。望著他濕漉漉的T恤，他在雨中從容的腳步，她想著：啊，這是所謂瀟灑，所謂溫柔。

「最後一次問妳，真的不後悔嗎？」那天他說。她的胸口灼熱起來，感覺火焰已經伸出來燒著眼前那協議書，把它燒了吧，燒了吧。她整個人卻石化了一般，動不了，什麼也說不出口。

「離婚」成了她生命裡的痛點，一碰就痛，而她的朋友，幾乎全部是他的朋友，無可遁逃。是在那樣的心情下，她意外躲進烹飪的世界裡。

在出版社她負責過美食書系，校對過程中，細讀食譜上一條條細目，比對圖片，腦海中竟產生如臨現場的想像，錯覺這道菜我做過了、這道甜點我會了。有一天和同事聚餐後，路經一個工作室，透明自動門上寫著「Cooking Studio」，她就這麼被那道門吸進去了。

從基礎烹飪學起，她給自己目標，去考證照。下班後轉進工作坊，每次學習一兩道料理，以所有的感官，品嘗當日的成就，真真實實。偶然回望兩年婚姻一場，如夢啊，他們幸福過嗎？

一年半後，淑方繫上圍裙，綰起長髮，戴上白帽、白口罩，來到大飯店的餐飲部。口罩遮掩不住她明亮的雙眼，灶台太高了，師父給她搬來板凳，手臂痠了，師兄隨時接手。然而大鍋大灶對她而言，終究是沉重的粗活。下班後，一群師父尋攤飲酒，她不懂，都是大廚師耶。她過不了這種生活，師父說：妳去學烘焙！

烘焙是餐飲世界裡相對秀氣、浪漫的領域，一頭栽進來，五六年時光就這麼攪拌、烘烤過去了。前年朋友找她合作開家小館子，老闆娘負責外場，由她設計菜單。這坐落小巷弄裡的無菜單料理，贏得一小批死忠顧客，尤其甜點最得女客歡心。

前夫的狀況，不時傳進她平靜的生活。他既未窮途潦倒，也沒有在文壇大放異彩，他回學校念碩士，還未拿到學位就結了第二次婚，休學跟老婆一起開美語補習班，日子過得還可以，也有一個女兒了。他們……原也可以成為這樣普通的正常夫妻吧，如果她不是走得那樣堅決？

她想起他對她說的最後一句話。她在心中吶喊：我後悔！我後悔死了！

淑方離婚後一直有種空洞感，像拔掉了一顆牙齒，就算已經不痛了，甚至舌頭不去舔它，仍然感覺到那裡存在著一個洞。

有時做出滿意的料理，乍然生出短暫的喜悅，她會全心全意嗅聞一塊檸檬乳酪派的氣味，或一碗蔬菜青豆湯的熱煙。最怕此刻忽而想起，在一起的兩年中，她從沒

一把深藍色雨傘從上頭罩了下來，望著他在雨中從容的腳步，
她想著：啊，這是所謂瀟灑，所謂溫柔。

有好好為他燒過一道菜、燉過一碗湯，從來沒有啊。

這對年輕的夫妻，重回他們喜歡的餐廳，將要告訴他們的親友，兩人就要從此分離。淑方搖搖頭，做為一個廚師，把菜做好，期待顧客好好品嘗她為他們製作的每一道料理，是她唯一能做的事。美食，就是祝福。

離婚宴的最後一道，照樣是甜點。甜點是這小餐廳能存活下來的致勝武器。老闆娘興味盎然地問淑方：「妳準備什麼甜點？」

淑方說：「提拉米蘇。」

老闆娘微感失望，提拉米蘇不是不好，它不但是經典甜食，也是她們店裡的招牌，但又似乎太尋常了。「我以為妳會設計一道非常獨特，讓所有賓客都忘不了的新奇甜點？」

淑方眼神有些迷離，她說：「尋常一點比較好。」

Tiramisù在義大利原文裡，是「拉我起來」的意思。她想起當年，烘焙老師拆解這個字的發音、字義，他說：「它還有個解釋，就是『帶我走！』」

那年，學員們哄堂大笑起來；唯有淑方，難過得無法呼吸。

微糖小點——11

提拉米蘇

■ 材料：

1. 手指海綿麵包：請參考頁78夏洛特做法。
2. 雞蛋3顆、細砂糖60公克、義式濃縮咖啡2杯、威士忌2大匙、馬斯卡彭乳酪半盒（約250公克）、可可粉適量、烤盤（或方形容器，大約20x30公分）1個。

■ 做法：

1. 預先製作手指海綿麵包（或稱手指餅乾，可購買現成品），放涼。
2. 威士忌加入義式濃縮咖啡中，放入大湯碗備用。
3. 將蛋白、蛋黃分離。50公克細砂糖加入蛋黃中，攪拌至顏色發白的黏稠狀，加入馬斯卡彭乳酪繼續攪拌至柔軟，這個步驟大約要十分鐘。
4. 10公克細砂糖加入蛋白中，以打蛋器中速打至發泡呈鷹嘴狀。
5. 將做法4的發泡蛋白，一次一大匙加入做法3的馬斯卡彭乳酪中，邊加邊以同方向攪拌，持續攪打至均勻、質地細緻，即成乳酪餡。

6. 烤盤鋪上保鮮膜，四面均超出烤盤（以方便取出）。
7. 烤盤中先填入薄薄一層做法5的乳酪餡。
8. 手指海綿麵包快速浸入做法2的濃縮咖啡，取出；整齊排入烤盤中，填一層乳酪餡。重複一層麵包、一層乳酪餡，鋪三至四層。
9. 將烤盤四周的保鮮膜往中間緊緊覆蓋住提拉米蘇。放進冰箱冷藏四小時。
10. 脫模後取下保鮮膜，食用前均勻撒上可可粉。可以切塊後，一塊一塊撒粉，較為美觀。

12

似水年華

微糖年代

她用刨磨刀輕輕刮取一顆黃檸檬的表皮，微酸微苦的檸檬皮絲繾綣落下碗中……

小謝每個週末的烤箱裡，經常烘烤著瑪德蓮。貝殼形狀的瑪德蓮，是善於聆聽的小耳朵，接收她一樁一樁心事。她想著，瑪德蓮啊，我將漸漸老去，這所有的心事、往事，是否能成為一個個故事，說給人聽？

她並不是甜點高手，她只會做瑪德蓮。有時加碎杏仁，有時加薰衣草、香草籽，有時加檸檬皮絲。瑪德蓮是她最後的文學夢，端出瑪德蓮，能憶起嗜讀翻譯小說的少女時光。

年輕的時候，她有一雙迷離的眼睛，常常從遙遠夢境中醒來的神情，男友說她神秘縹緲，很有靈氣。男友成了丈夫之後，說她魂不守舍，要不要去看醫生？

生了一兒一女，她像這一代大部分的女人一樣，白天上班，晚上從褓母家接回小孩，而後進化為安親班、美語班。睡前要看他們的作業，有時孩子忘了拿出聯絡簿來，有時她忘了答應要幫孩子買回的作業用品。

啊，這年頭小學生作業需要的道具真多，一下子要空紙盒，一下子要玻璃罐，一下子要保特瓶，他們家根本沒有那種東西，只好買飲料回來努力喝掉，甚至倒掉，騰出空瓶。還有一次要生雞蛋，說是要讓孩子掛在身前保護一整天，體會母親懷胎不易，真是折騰那些蛋！

她常常忘記買這買那，第二天一早小孩哭爹喊娘，丈夫責備她不負責任，日子過得千驚萬險，終於兩個孩子都離家上了大學。

女兒大學開學的第一個週末，她就去買甜點食譜、模型回來，自學烘焙瑪德蓮。瑪德蓮不難，是那種可以「第一次做就上手」的家常甜點。她把漂亮的瑪德蓮成品照放上臉書，很快得到了兩百三十九個讚。底下的留言中出現一個遠方的名字：「姚宣」，留言是一行字：「追憶似水年華」。

姚宣，這名字不容易重複。她點進他的臉書，啊，真的是他，她大學校刊社的學長，那個物理系的男生。照片上的他，不復當年的娃娃臉，臉變大了，是中年人的樣子了。

她忍了一天，終於回覆了他的朋友邀請。他發訊息給她，問她別來無恙？在做什麼呢？他在大學裡教應用物理，完全不出所料；她呢？外文系畢業的她，在訊息裡寫道：「我是採購管理師。」

以前她每對人說自己的職業，總會受到質疑：「那是做什麼的？」有耐心時，她會解釋，公司大宗採購，必須要詢價、比價，要掌握公司物料水位、訂購時機，一方面要cost down，一方面又不能讓公司缺貨料，採購管理師必須計算出對公司而言最有商業價值的訂購數量和時機……。沒耐心時，比如她小姑的問法：「採購不就是買東西嗎？還要管理師？」她便點頭：「對啊，採購就是買東西。」她老公接話：「她什麼都不會，就是會買東西！」婆家一屋子哈哈哈，公公說：「少買一點，不要一天到晚買東西！」哈哈哈，哈哈哈……。她的職業，在婆家是個笑話。

姚宣在臉書那頭回應她：「原來妳會做這麼專業的工作啊。」

她心頭一熱，想起他說話的語調。她曾有過熾烈的作家夢，一進大學就參加校園文學獎，得到小說首獎。姚宣是新詩組首獎，頒獎後合照時，姚宣站她身邊。姚宣大她兩屆，對她說：「小學妹，要不要來校刊社？」攝影同學舉著相機：「喂，拍完照再把妹，先別講話啦！」他倆相視一笑。姚宣要她交一篇小說，她卻交了兩首詩，姚宣說：「原來妳那麼會寫詩啊。」

她栽進校刊社裡，幫學長學姊們跑腿，當年稿件得找打字行打字，有的詩稿字跡潦草，她還幫忙先謄稿，最潦草的就是姚宣的字，所以他的每首詩，她都謄寫過一遍。「啃嚙時間的果核／拋向海／浪如花落／一隻小蟹行於沙灘」，她至今還記得他這首叫作〈遺忘〉、對她而言曖昧的短詩，因為姚宣把她的名字寫作「小蟹」。

他們卻沒成為男女朋友，姚宣已經有女朋友了，是小謝系上的學姊，也是校刊社的。有一晚，稿子校對完準備付印了，大夥騎摩托車到逢甲夜市狂歡，姚宣隨手在攤子上給她買了一隻粉紅色的螃蟹抱枕。她看見學姊的眼睛如噴出火來，聽見他們低聲吵架，她手上的抱枕成了燙手熟蟹，幾乎拿不住。

學姊有副好嗓子。後來大夥送女生們回宿舍，卻站在女舍門外聊天，還不想散。學姊忽然唱起歌：「天上的星星為何，像人群一樣的擁擠，地上的人兒為何，又像星星一樣的疏遠，嘿——嘿——」所有人靜下來聆聽，姚宣兩手交抱胸前，沉沉地看著他的女朋友。

那一刻，小謝知道自己贏不了了，她只是個可愛的小學妹而已。她把螃蟹抱枕抱高一點，摩挲自己的臉龐，悄悄吸掉淚水。那晚回到宿舍，她抱著抱枕壓抑幽幽的哭泣聲，哭了很久室友才發覺：「小謝，妳怎麼了？」

這一生，她從來得不到自己真正想要的東西。她總是遷就，對人生讓步。她問自己，是不是性格裡有什麼問題？

姚宣早她兩年畢業，當兵、出國念書，走到哪都會寄明信片給她，問候她。明信片就像他對她的感情，是明亮的，可以攤開來被檢視的，沒有隱密的質素，就注定不是愛情。那時她是這麼想的。當她知道姚宣跟學姊已然分手，當他來信問她要不要來紐約念書，他說：「我現在很會燒菜，可以照顧妳喔。」她悄悄封殺了最後的機會。那是一封信，不是明信片啊。

她後來常常想起那一刻，她顫抖拆信的雙手。那是最後一封信，她沒有回，從此就斷線了。她已經訂婚了。兩個月後她步入禮堂，嫁給研究所同學。她研究所轉念企管，她的人生已經偏離了年少想像中的航道，愈走愈遠……

她點開姚宣的臉書。現居台中市／未婚／在某大學擔任教授／就讀學校從國小到博士班列了一大串……／來自高雄市／8,929人在追蹤。而她的臉書寫著，現居台北市／已婚／來自台北市／2,555人在追蹤。她並沒有好好經營臉書，那些簡介都不曾好好填寫。沒有畢業學校，沒有工作單位，連婚姻那一欄，都沒有更新。

沒有更新。其實兩年前，他們夫妻已經協議離婚了。

離婚之後反而成為朋友，前夫對她言詞不再犀利。也可能是歉疚吧，他離婚不到三個月立刻再婚，為了迎接他的第三個孩子。現在那孩子也快滿兩歲了。在職場上偶爾遇見前夫，焦頭爛額的模樣令她非常滿意。年輕妻子小他九歲，需要他呵護寵愛，他這才明白，當年她身兼妻子、母親、職業婦女，還要應付他的家人，是如何在夾縫中求生存。她的丟三落四，是因為只有兩隻手，接不住從四面八方投來的球。現在她整個人不一樣了，腳步從容，神清氣爽。他詫異又抱歉地說：「看來離開我是對的，對妳來說。」

她並不想修改臉書上的婚姻狀況，至少不是現在。她只想要回頭尋找，自己究竟是從哪一天、哪一個時刻開始，偏離了心的航道？

她打開電腦，寫下小說的第一行字：

她用刨磨刀輕輕刮取一顆黃檸檬的表皮，微酸微苦的檸檬皮絲纏綣落下碗中……

她還沒想清楚小說將要如何發展，但已經聞到檸檬瑪德蓮的香氣，從烤箱裡溢出來，漫過她的新中年生活。「小蟹要開始橫行了。」她在臉書上對姚宣預告。

微糖小點——12

瑪德蓮

很容易上手的家常甜點。

■ 材料：

蛋2個、奶油110公克、細砂糖85公克、低筋麵粉90公克、泡打粉3公克、檸檬1個（可用薰衣草、核果碎或香草籽取代）、鹽少許、瑪德蓮模型一盤（或12～14個）。

■ 做法：

1. 用刨磨刀刮取一整顆檸檬的皮絲，與砂糖均勻攪拌。
2. 低筋麵粉加入泡打粉、鹽、做法1的檸檬皮絲，拌勻後打入2顆蛋，加入少許檸檬汁，攪拌均勻。
3. 奶油以隔水加熱的方式融化，倒入做法2的麵糊中，留少許（約10公克）在碗中。奶油與麵糰繼續攪拌均勻。
4. 做法3留下的奶油，用刷子在瑪德蓮模型內刷塗一層薄薄的奶油。
5. 做法3的奶油麵糰填入模型，每個約3/4滿。放進冰箱靜置一小時。
6. 烤箱以200度預熱三分鐘後，放進作料烤三分鐘。
7. 烤箱溫度調低至180度，再烤十二～十五分鐘，取出脫模即成。

轉換人生滋味

◀ 往微糖年代

往微鹽年代 ▶

微鹽年代

宇文正／著
米樹兒／插畫

推薦序

過往情事的味覺密碼

作家 郝譽翔

極短篇這一文類，最是易寫難工，如何在大約千字上下的有限篇幅之內，提煉出人生的某個切片，對作家而言，可以說是一大考驗。無怪乎寫作極短篇的人少之又少，只怕一個不小心，就流於重筆，拿驚悚來取悅讀者，就像是往一道菜裡倒入了一大堆醬料，早就淹沒了該有的原味。

然而《微鹽年代．微糖年代》卻將極短篇／短篇小說巧妙地翻轉到另外一個境界，把一則又一則的故事，化身成食物的隱喻，透過讓人食指大動的美食，喚醒了文字敘事底下的靈魂，點出了平凡小人物生命之中的不平凡。

這是一本精緻又可口的小書，寫的並不是什麼滿漢全席，或是宴客大菜，那是在飯館和眾人一起囫圇下肚之後，既不曾停留在我們的舌尖，也不會進入大腦之海馬迴。

相反的，宇文正在書中細細寫來的，卻是十二道你、我皆可以躲在自家廚房，如法炮製出來的中西料理，以及十二道讓人在酒足飯飽之後，也極想能夠照樣如此嘗上一口的甜點，才真正勾勒出人生之中的緣起和緣滅，在聚散離合之後，始終不曾被時光沖淡，而依依駐足在我們的感官乃至於記憶底層的真滋味。

就像《追憶逝水年華》中，普魯斯特因為一塊貝殼形狀的小小馬德琳餅，而開啟了回憶這本神秘的大書；《微鹽年代．微糖年代》中的每道料理，也無一不是一段過往情事的最佳隱喻。本來早已結痂的心靈傷口，如今卻透過食物而再次激發味蕾，體內恍然湧起了一股說不出的微酸、微辣與微甜。

而這股微酸、微辣與微甜，竟是如此的似曾相識，彷彿你、我在正當青春年華之時，也都曾如此的經歷和心痛過：偶然的邂逅，乍然的分離，未曾說出口的沉默與誤解，被命運之神擺弄以致不經心地就這麼錯身而過……

總是要等到許多年以後，我們才又會在某一天、某一道食物氣味的召喚之下，猛然地回想起，那生命之中曾經擁有與失落的，醃釀在時光之中的情感切片，而如今，卻

只剩下了淡淡的惆悵、甜美的哀傷。文字難以言傳，然而卻早已不知不覺被註記在食物之中，味覺的密碼。

那密碼只有自己才能懂得。也因此，《微鹽年代．微糖年代》寫的雖是美食，卻不禁流露出人的終極孤獨，逝水年華、青春歡樂終究不能長存，唯有在食物之中，才療癒了生命必然的欠缺與寂寞。

所以，我讀《微鹽年代．微糖年代》，書中寫的明明是「她」的故事，卻總是不由自主地回想到了自己，有如照鏡子似的心驚，那心境如此的熟悉，卻都被宇文正一語道破。到頭來，人生這條漫漫長路上，還是只剩下了自己，也幸好還有美味的料理，溫暖了我們的身和心。

更可貴的是，在「微鹽年代」之後，宇文正又慷慨地給了我們十二道甜點：「微糖年代」，一切遺憾還諸天地，結局留下來的，仍然是小小的甜蜜。

推薦序

廚藝．情感的勞動

作家 楊佳嫻

食物打開記憶的密碼，無數文學作品循著食物引發的感官皺褶而通往心靈的地震，思鄉的，失戀的，行旅的，固定和移動的種種生命經驗，都由這個按鈕發動。食物與性，食物與愛，食物與自我，食物與一整個族群的潛在基底，這些命題早在文學舞台上一而再地搬演。

食物的想念往往就是秘密之所在——張愛玲對淹沒在舊世界裡的父親觀感如何？〈談吃與畫餅充飢〉裡，一次她在加拿大逛櫥窗看見了香腸卷，一種塞了肉餡的酥皮小筒，想起「小時候我父親帶我到飛達咖啡館去買小蛋糕，叫我自己挑揀，他自己總是買香腸卷」，她「懷舊起來」，也買了四隻，回家一嘗，「油又大，又太辛辣，哪是我偶爾吃我父親一隻的香腸卷」——是飛達咖啡館的廚師手藝太好，還是記憶美化

了食物？

然而，除了已經上了餐桌的纍纍成品，製作這些食物的過程，更往往是親密關係內佔居關鍵位置的勞動。汪曾祺〈干絲〉裡，回憶「我父親常帶了一包五香花生米，搓去外皮，攜青蒜一把，囑堂倌切寸段，稍燙一燙，與干絲同拌，別有滋味」，文字簡潔，細節到位，恐怕是不假思索就能提取的家庭味道。林文月〈台灣肉粽〉提起，「我嘗試自己制作，可能是想藉以找回年少時代的溫馨記憶也說不定。而在我自己也有了兒女之後，每值年節，則又在他們興奮的表情中，彷彿也看到往日的自己」，連結了過去、現在與未來。

廚藝的真諦，或者不在於神巧的小秘訣或者拿捏熟練火候，而在於以無數完成烹飪所需的小動作積累起來的整體，召喚了情感想像；宇文正這部小說集，結合文學與食譜、撫貼心與胃的，就是由這種情感的勞動來驅動的。

《微鹽年代．微糖年代》由鹹食與甜食組成，一點點鹽有時候能激發甜味，而太多的糖往往使人膩到腦髓裡，「微」字指向「不過度」，這或許才能成全美味。因為不

過度，日後想起來在苦澀之外還有甜味；因為不過度，往後的生活能夠繼續，舌頭和心都沒有因為麻痺而廢去；因為不過度——所以安全？微鹽與微糖，是養生之道，撩起癮頭而不焚身，是留下餘韻，挪出空白得以迴旋。不夠浪漫，不是痴心絕對，因此也更靠近普通生活。

這種心情，在〈行過沙灘的蝴蝶〉裡很清楚：夫妻攜手散步沙灘上，兩人的目光都落向遠方，「他不知道妻想起了什麼，就像妻也不知道他心中的那道裂痕」，小說裡只寫了丈夫想起的浪漫往事，對象不是眼前的妻，「妻傳遞密碼似的，輕輕按了一下他的手心」，彷彿在說，對，我們都想起了各自過往的什麼，「不必說出來。然後，向前走吧」。小說搭配的甜點，故事裡並未出現，比較像是服膺情境而出現的「副產品」：酸（百香果）、甜（火龍果）、鹹（梅子粉）、稠（優格）、脆（玉米片）相互調和的「夏日乳酪杯」，簡直是人生滋味的具象化。

而在本書中最常見的，則是讓食物扮演情事的鉤鍊。如〈我想要回答你，還來得及嗎？〉就敘述了一個拯救過去成為現在的故事，居中聯繫的則是一次烹飪的記憶：男

方要出國留學了，向女方提出共同生活的願景，女方一時下不了決心，只是回家向媽媽學了一道做工繁細的「花菇鑲蝦球」，跑到男方住處搬演整套複雜流程，為了做這道菜給他吃；而男方則是完全不能理解，以為應該有比下一趟麻煩的廚更好的方式來賦別，以私訂終身、身體關係來「落實」。女性在細工烹調裡寄託的是感情勞動的浪漫召喚，男性則私自「肖想」著另一種「身體勞動」，這種誤差，彼此都沾過現實的泥灰後，居然重新生出轉圜餘地。

嗯，不過，《微鹽年代・微糖年代》裡，我最喜歡〈自作自受的幸福〉裡的陳小毛了，摳門得可愛，划算是他不易的人生信條。張愛玲小說裡那些精算著的男女們讀起來實在荒涼，陳小毛卻洋溢大玩具般的暖意。不，也許說到底，真正吸引我的是因為搭配了桂圓紫米芋頭糕呀（芋頭控的魔性被引燃了）！

自序

藉食物寫人生的悲歡

《庖廚食光》才出版不久，小孩上了大學，我的七百八十個便當功德圓滿，朋友們見面就問：「現在不做飯了吧？」「做啊，老公已經習慣晚上回來吃了。」於是我被追問，那下一本飲食書是不是為老公而寫？（才公平啊！）

「寫甜蜜的情侶餐？」

「我這人怕肉麻！」

「寫中年養生餐？」

我說，我寫的是散文，並不是食譜，我也不是專業的營養師，有些分際，不應僭越。而遠流的朋友們也很期待我趕緊展開下一本的書寫。我口頭允諾了，好的好的，再寫一本，卻整整一年，沒寫任何關於飲食的文字，我不想重複自己。

每天仍老實做菜。不只做菜，解開「便當」的束縛之後，我可以嘗試的東西變多了，湯湯水水沒問題，綠色葉菜沒問題，帶殼的蝦沒問題……，做菜變得海闊天空；更好玩的是，甜點。我可以玩烘焙，可以做涼品，可以熬甜湯。沒有便當的框架，也沒有書寫的壓力，我真正地確認了，原來自己還真是喜歡烹飪哪。

有一天去中部演講回來，精疲力竭——對我而言，一口氣說兩個多鐘頭的話是極限，我很佩服那些以演講為業的老師們。我累了，只想做個簡單的鍋物，從冰箱裡翻出豆腐、各式菇類，隨手做了鮮菇豆腐壽喜燒，還來不及吃，思緒在蒸氣裡騰雲駕霧，跑到電腦前立刻寫下一篇微小說〈那年，他有回信給她嗎？〉。這是篇虛構的小說，夾藏真實的懷舊心情。我忽然找到了，知道自己要寫什麼了。

就這樣，我的「微鹽年代」開始了，每篇故事都有些微感傷。我又想，飲食是充滿喜悅的一件事，是人生簡單卻又純粹的快樂，讓我的書寫為這個世界加一點糖吧，我把快樂的故事，寫在「微糖年代」裡。

不過，兩系列各寫幾篇之後，就發覺人生的歡樂與悲傷，是不可能截然劃分的。小

說一篇篇寫下來，微鹽裡也有了喜悅，微糖裡也有了哀愁，篇幅愈寫愈長，人生的滋味，盡在其中。

藉食物寫人生的悲歡，這就是我的微鹽年代／微糖年代。

目次

01

那年，他有回信給她嗎？

微鹽年代

他們在教師研習會裡重逢。是她先認出他來的。畢業二十年了，她認出的，是他沙啞的嗓音。「你是東海畢業的嗎？」啊，真的是他！

他吃驚地看了她一眼，低頭像是對手裡的杯子說抱歉：「其實妳沒變，不知道為什麼我沒認出來。」

她心裡知道的，因為他不敢直視女孩子的臉，二十年前便如此，他沒有變。

開車送她搭高鐵的路上，他淡淡地說，最後一次聯絡，其實不是大四畢業時，是大二她轉系之後。有一天，信箱裡收到她投遞的信，說在新環境裡有些孤獨……

他沒說，他回信了沒有。她想起那時通常幾個學生合租一個信箱；同校學生之間，藉信箱傳遞小卡片、小禮物，甚至餅乾糖果，因此大家的信箱都不上鎖，禮物才塞得進來。她幾乎一天跑郵局信箱間三五趟。

他說：「妳那封信，我還留著。」說完，看著前方，手扶著方向盤。

她的臉，一點一點熱上來。她打破沉默，問他的家庭、妻子、孩子、系上的同學，努力回想還記得起哪些人名……。她覺得自己的聲帶稠稠的，也許是因為太早起床睡

眠不足，也許話說多了，也許，是不知從哪裡點起了小火，慢慢焙著，燒著。她又想起當年一個老剃光頭的同學：「大師呢？他到哪裡去了？」

他忽然說：「其實妳可以休息一下。」這一次，他注視她的眼睛，一剎，便又轉頭直視前方。車子無聲滑行。

她的喉嚨始終焙著小火。今晚，她想煮一小鍋豆腐壽喜燒。打開冰箱，太好了，週末買了一盒綜合鮮菇，就燒個鮮菇豆腐吧。

一匙橄欖油潤潤鍋底，切一小塊奶油，融化，小火細細炒香洋蔥絲，轉中火，撥進番茄，撥進香菇、柳松菇、杏鮑菇、珊瑚菇、鴻禧菇，翻炒，翻炒，醬油、高粱酒、糖、水，漫過它們，煮滾了轉小火，放進切小片的嫩豆腐，熬一刻鐘，讓番茄嫣紅湯汁，餵給豆腐。

她想起大一那年，和他走過相思林，他低著頭專注地走，她一跳一跳的，看小徑邊上紫紅色藿香薊一路領著他們。「在台北看到的藿香薊都是白色的，來東海才知道有紫色藿香薊……」說著自己頓住了，這話，上回走這條路時好似跟他說過了？

他笑著，不太看人眼睛的他，溜過她的雙眼，低下頭笑說：「妳是不是平常都沒有人跟妳說話？」

她舀起一匙，嘗嘗湯頭，啊，是我要的味道。吃一口豆腐，慢慢滑進乾澀的咽喉。

那年，他有回信給她嗎？她怎麼樣也想不起來了。

鮮菇豆腐壽喜燒

■ 材料：

豆腐半塊、菇類若干、洋蔥半顆、番茄一個、蔥二支、奶油一小塊、醬油1/4杯、高粱酒（或米酒）1/4杯、糖一大匙、水一杯。

■ 做法：

1. 洋蔥切細絲、蔥切段、香菇切片、番茄切大塊、豆腐切成小方塊。
2. 橄欖油熱鍋，加奶油融化後，小火炒香洋蔥、蔥白。
3. 陸續放入番茄、菇類，中火翻炒。
4. 所有食材炒軟後注入醬油、高粱酒、水、糖，大火煮開後放進豆腐，轉小火，燉十五～二十分鐘，撒上青蔥即成。

鮮菇豆腐壽喜燒

壽喜燒可沾蛋黃吃！

02

天使不流淚

微鹽年代

午夜電話鈴響三聲，斷了，未久，又三響。她沒接起，電話亦無聲了。她知道，這是他的問候，她若接起，對方也會掛掉的。這是他請求她接受的承諾：「就算我打電話來，也請妳不要接，免得接起電話，我會先掛斷……」

那年，她在三個月之中失業、喪偶、失眠、憂鬱，帶著四歲的男孩，瘦成一葉蘭草。娘家為她張羅了兩次相親，第三次再提起時，她就變臉了。她才三十五歲，不是五十三歲！

她決心振作，決心戒除安眠藥，在人力銀行留資料，打電話給久未聯繫的同學、前同事、前前同事……，就那樣，跟安聯繫上了。安說，她剛接觸一個聯誼會，問她排不排斥去看看。聯誼？那是大學時代的把戲啊。

「對，妳就當作大學生聯誼，對象都是碩士以上，只不同的是，他們都是已婚者，而且不隱瞞已婚。」

她幾乎要摔電話，「那叫他們去酒店不就得了，搞什麼聯誼？」

安沉著地說：「他們不是要一夜情，他們要的是一個暫時的家，暫時的妻子。」

懷著強大的好奇，她想去瞧瞧那是什麼樣的場面、什麼樣的人類。安對她還是稍微說了點謊，她到達安說的西餐廳時，並沒有「一群人」，只有他，好整以暇地在手提電腦前工作，等一個老朋友似地，見到她，極自然地招手，一邊運作滑鼠，把每一個檔案關閉，才開口問她：「先幫妳選瓶紅酒好嗎？」

她有一肚子困惑。是的，是安幫忙安排的；是的，的確有那麼一個聯誼會，但他不想再到人多的地方周旋；是的，他先看過她的照片了；是的，關於她的情形他大致都知道了……。他一個環節一個環節解開她的疑問，就像那夜，他一個釦子一個釦子從容解開她的襯衫。

他說，跟安在聯誼會上認識，兩人談得來，但安不是他想找的對象。安太活潑，也太聒噪了，他是好靜的人。

「可是……我沒有給過安我的照片？」

他點點頭說：「我看的是一群人的大合照，妳們是高中同學？妳跟高中時代沒什麼變，一走進來我就認出妳。」

「你看到的，大概是同學會上拍的吧。」她只參加過一次高中同學會，那年已經大學畢業投入工作了。

她是真的投入工作，卻毫無預警地出現在裁員名單之中，與其說憤怒，她更感到恐慌。她和丈夫婚後金錢自理。其實她很想像所知的大部分女人那樣，管理家裡所有的收支，但一開始就沒有形成慣例，後來一提錢，兩人之間便籠上不快的陰影。有了小孩，丈夫的錢，仍緊緊留在他的戶頭裡，她一直想跟丈夫談，卻畏懼他陰沉的臉。

她不知道自己如何嫁給這個人的，那種陰沉，甚至使她懷疑，有一天可能會揍她。她不再想談錢了，想談離婚，卻忽然失業了。還來不及讓自己重新在職場上站穩，確認自己的籌碼好談分手，他卻死了！從租住的十二樓一躍而下，沒留隻字片語給她和小孩。她這才弄明白，他的陰沉，與她談什麼、溝通什麼事情無關，也許早在婚前，憂鬱症的孢子即已播下。房東厭惡他們一家帶來不祥，請求他們母子速速搬走。

這就是她的故事了。他靜靜聽完，告訴她：「妳哭吧，好好哭吧。」他穿的白色棉T，上頭印著科技公司的mark，說著淡淡一笑：「這T恤很吸水。」他把她兜入懷

中，輕拍她的背，直到啜泣轉為規律的哽咽，哽咽變為規律的鼻息。失眠數月的她，在他的懷裡平靜地睡著了。

他一開始就攤開來說了，他在矽谷有妻、有女兒，外派來台，也許兩年，也許三五年，隨時可能調回去，一旦回去，兩人從此不再聯絡。

他為她買了一棟半透天屋的上疊，占三、四樓，在台期間，每月給她生活費若干，他也疼愛她的小孩。她工不工作由她；離開時，房子歸她，唯一的條件是，從此不再聯絡。「如果我意志不堅打了電話，也請妳不要接……」

其實他從未要求她開伙，他說下班後外帶兩個便當回來也很方便。她明白，他們不適合到外頭吃。她卻一心一意做起了可愛的小媳婦，當年新婚都不曾有的熱情，一古腦兒投入廚事之中。她學傅培梅、學阿基師、學欣葉台菜，種種種種的中式料理，深深相信來日各自天涯，她手下的菜餚滋味，能使他魂縈夢牽。

有一天，他卻忽然說：「好想吃義大利麵喔……」她心頭一緊，他想「家」了？厭倦了？他們……已走到盡頭了？兩年半了，孩子已經上小學，以為他是爸爸，終於還

是要失去了。

她盡量不去想自己是否做錯了什麼。在她最悲傷的時刻，是他把她從噩夢裡喚醒的，就算終究還是一場夢，她仍舊感激他，無論精神上、物質上。

她幾乎沒做過西式料理。即刻上網搜尋，找到一道「天使蝦白酒義大利細扁麵」，步驟簡易。他偏愛海鮮，就學這一道吧！

上好市多買了一盒末下鍋已現蝦紅的天使蝦。羅勒該到哪找呢？默唸「羅勒」這字眼，一股難以言說的怨懟，理智上絕對排除的不甘，竟幽幽竄上心頭。於是她想著，做三杯料理必用的九層塔是最道地的台式風味，拿九層塔來取代吧！她要他記得，紅豔豔的天使蝦裡，深藏著台式的九層塔香。

他離開多久了呢？她的廚藝荒疏了。直到這年，為了上國中的兒子重拾鍋鏟，也為了兒子買來許多西式食譜，這才在許多食譜的括號中弄明白：原來，羅勒就是九層塔！她到底不曾真正改變過什麼啊……

天使蝦白酒義大利細扁麵

■材料：

天使蝦五～八尾（草蝦、明蝦亦可）、羅勒（九層塔）一小把、蒜頭二瓣、辣椒（依嗜辣程度可用乾辣椒或不辣的糯米辣椒取代）半根、白酒一杯、鹽少許、胡椒粉少許、匈牙利紅椒粉1/2小匙、橄欖油適量。

■做法：

1. 蝦子挑去泥腸，剪除頭尾尖刺及長鬚，擦乾。
2. 煮一鍋水，水滾後放進義大利細扁麵，一小匙橄欖油、一小匙鹽，小火煮九分鐘，取出。
3. 熱油鍋，大火下蝦子，加鹽、胡椒粉、匈牙利紅椒粉，煎兩分鐘，翻面再煎兩分鐘；如果蝦子特別大，可多煎一下，煎至外表香脆。下白酒，蓋上鍋蓋中小火煮五分鐘。盛起，蝦、湯汁分開盛放。
4. 另起油鍋，小火炒香九層塔、蒜末、辣椒，倒回煮蝦的湯汁，煮滾後加入義大利麵拌勻，太乾可加少許麵湯調整。收汁後起鍋放盤，擺上蝦子即成。

天使蝦白酒
義大利細扁麵

蝦和細扁麵是
天作之合。

03

手上沾著泥土的女人

微鹽年代

她的花店開在一家私立的區域醫院旁，生意不錯。她常常告訴顧客，買鮮花不如買盆栽，鮮花常常包裝過度，而且一下就枯萎了，有的病人還會對花粉過敏。裝置美麗的盆栽，充滿生命力，讓人愉悅，病人出院後還可以帶回去養著。比如這盆綠之蓮，是仙人掌科，像朵碧綠的小蓮花，花盆邊擺上兩隻超萌的小貓偶，病人看了，一定歡喜。

小玩意賣不了多少錢，但是來來往往，有病沒病的都帶上一盆。她也向看起來像主婦的女人推銷迷迭香、薰衣草、薄荷這些可食用的盆栽。土乾了再澆水就好，很好養的，放在日照得到的陽台上，做菜時隨手摘兩葉妝點一下，就覺得自己是大廚了呢。

那年，在自強號上他倆比鄰而坐。她身邊來了一對母子，她立刻起身讓位，隔壁男孩猶豫了幾秒，跟著站了起來。兩人站走道上聽那對母子不住道謝，都覺得尷尬，男孩眼神示意，她跟隨他走到那節車廂外。兩人在狹小的空間裡，面對面，沉默了一會，男孩說：「其實妳不需要讓位，叫我起來就好，小孩子可以坐中間，或是讓他媽

媽抱著。」

她倒笑了，心想明明你剛才還不想起來，「又不認識你，怎麼可能叫你起來。」

後來她看電影「愛在黎明破曉時」得到的結論：所有在火車上邂逅的男女，都會說很多很多的話。那天他倆天南地北什麼都聊，下車時她簡直覺得口乾舌燥，把一年份的話都講完了。

他說的更多。他是醫學系的學生，但是喜歡植物，讀醫實在是身為男孩……，理由大約五千字吧。他提起一部老電影「綠卡」，問她看過沒？她搖頭，他敘述了電影的內容，大致是男為綠卡、女為擁有溫室，假結婚而生真感情的一則好萊塢愛情故事。使她心旌盪了一盪的是，他說道：「覺得從溫室、花房裡走出來，手上還沾著泥土的女人，很性感。」她能跟陌生男子在火車上閒聊，內在卻保守得聽見「性感」一詞，都覺得臉紅。

他們互換了地址。啊，那是一個還以筆寫信、貼郵票通信的年代。她很快收到他的信，打開信封，撲鼻一股刺激的甜香，信箋裡夾著一葉壓扁的迷迭香。她回信打趣

他：「你這樣很娘喔……」老朋友一般，娓娓對他說起課堂上的事。

下一封信，他又夾來一葉薰衣草，說都是他父親種的，父親為了躲避母親嘮叨，整天蹲在屋頂小花圃裡，也許他喜歡植物是遺傳父親，也許他也在躲避母親。他似乎無保留地把自己攤開來。她回信寫道：「迷迭香、薰衣草，在我眼裡都是菜！」回避他的自剖，刻意的不浪漫，卻不住等待他的反應，他的回信。

等待他的信，她得了寫信、讀信的熱病。直到那封信——他說要到學校來看她，她忽而醒覺：通信，不只是通信。而她已經有交往三年多的男友了。

只是來看看她，人家又沒說什麼，她卻心慌意亂，覺得自己闖了大禍。幾乎是沒經大腦地，寫了封決絕的信，說不想見面，從此請不要再聯絡了。她不說理由，也沒承認已經有男朋友，那信寫得幼稚又荒謬。

不知道他收到信了沒？他來了。請舍監廣播，請經過的同學來敲門，而她坐在床上，一臉呆滯。知道她在，他索性在牆外喊她的名字，弄得有點沸沸揚揚了。室友嘆口氣：「妳就出去講清楚吧。」語氣裡極力掩飾責備的意味，她更心慌了。出去做什

迷迭香、薰衣草……，她把自己埋首花草中，嗅聞它們的氣味，

那些氣味是她獨有的時光機。

麼呢？信都那麼寫了。

她的窗子看不到宿舍門口，只能想像他莫名、失望離去的背影。她忽然哭起來，不確定是為了失去他心痛，還是為了不明不白猝然斬斷情緣，覺得自己愚蠢而哭。

畢業後，等待同年次的男友當兵歸來，結了婚。六年，她始終沒能懷孕。後來丈夫外調上海工作，一年，兩年，三年，如同聽到的千千百百台商的故事，他回家的次數愈來愈少。

她請了長假，悄悄赴上海，也不敢找到先生的公司去，在那樣的城市裡胡亂摸索，根本是海裡尋針。她終於打電話給她唯一認識的先生的老同事，讓她帶引她，從遠處默默窺看，丈夫幸福的一家三口。「那是上海女人嗎？」話出口，自己算算，時間彷彿不對，那小孩看起來不只三歲吧？不過她對小孩子的年齡、大小也不是很有概念。

「那時候他主動請調內地，來了我們才知道，他帶來的家小不是妳。」

「為什麼就沒有人告訴我？」

「這種事怎麼能由旁人來說，妳難道一點點感覺都沒有？」語氣裡極力掩飾責備的

意味，竟使她驀地想起什麼，胸口一痛。

我要懲罰你！放了他吧……我要懲罰你！放了他吧……。兩種聲音從一登上飛機便嗡嗡嗡嗡塞滿她的耳朵，隨著機身攀高，耳朵壓力愈大。她搗著耳朵，神情痛苦，身旁的阿伯好心建議她：「打幾個呵欠就過去了，妳試試看。」她傻傻跟隨著阿伯的節奏，一起張嘴、呵欠，張嘴、呵欠……

人生啊，是否打幾個呵欠，就過去了？長考之後，她打了電話，請老公回來一趟，簽字離婚吧，把共有的財產公平分一分，她也不要贍養費了。

她開過好幾種店，勉勉強強維持營運就頂讓出去，終於讓她身心安頓下來的，是這一家小花店。她把自己埋首花草中，滿手泥屑。有時自己晾曬迷迭香、薰衣草，嗅聞它們的氣味。

那些氣味是她獨有的時光機，閉上眼睛，她會看到男孩背靠著車廂，清朗的眉目微微瞇起，似乎想起電影中的場景，認真地說：「覺得從溫室、花房裡走出來，手上還沾著泥土的女人，很性感。」

微鹽小食——03

迷迭香烤雞腿

為自己種一盆迷迭香，
假裝是大廚。

■材料：

雞腿二隻。

松子一把、杏鮑菇數根、玉米筍數根、秋葵數根、紅黃甜椒各半個、馬鈴薯二個。鹽少許、橄欖油少許。

■醃料：

迷迭香1/2小匙、白酒二大匙、鹽1/2小匙。

■做法：

1. 雞腿加入醃料醃半小時。
2. 馬鈴薯以錫箔紙包裹。
3. 所有蔬菜洗淨，杏鮑菇、甜椒切塊，與少許鹽、橄欖油拌勻。
4. 烤箱二四〇度預熱後，放入馬鈴薯、松子及做法3的蔬菜（三者可分放不同烤盤同時放入烤箱，以結省電力）。松子約五分鐘即先取出，蔬菜烤約十五分鐘至熟軟，馬鈴薯需烤五十分鐘。
5. 取出松子、蔬菜後，放入雞腿烤約二十五分鐘（可先烤十五分鐘，翻面烤五分鐘，翻回正面再烤五分鐘），至表皮金黃微脆。這時馬鈴薯大約也熟了。可取筷試試，能順利插入即可取出。

04

總有一個人會先醒過來

微鹽年代

電話響起時，她剛洗完頭髮，還來不及吹，拿著手機，一手繞著鬈髮，想像當年，他幫她吹整長髮的時光。他說：「我就在你家附近喔。」附近？她走到窗前張望，這是個中型社區，有五棟大樓，圍著泳池、小花園。他說：「我剛接一個案子，就在你們社區，C棟。妳住哪一棟？」

「D，就隔壁棟。」

他告訴她，你們這個社區蓋得不錯，雖然在山坡上，整個地基是水壩式的蓋法，結構穩固，建築使用的材料都上等。雖然類似的話在購買時早聽仲介強調過，但由他來說，特別覺得安心。他是學建築的，現在做室內設計。

買這間房，不僅傾囊所有，還套著幾百萬的債務枷鎖，可是她覺得好自由，好自由……，她已經三十六歲了，第一次得到這種自由。她從家裡逃出來，以她母親的說法，她把媽媽遺棄了。

她和他大學就認識，在一起多年，媽媽反對。嫌他個子矮，嫌他小她一歲，嫌他說話太娘，沒說出口的，嫌他家窮，這些，她懶得說也懶得想，一旦被說出口，他們有

過的愛情就俗了。要到後來，後來，她才真正懂得，媽媽其實沒有那麼討厭他，媽媽從沒有喜歡過她交往的任何一個男人。

她不是媽媽唯一的小孩，但是媽媽習慣把她綁在身邊。她是家裡最會念書的孩子，甚至也是最好看的。姊姊、弟弟、兩個妹妹全嫁娶，搬出去了，留下她這個老二，坐上外商銀行副總的位子，仍要任憑媽媽隨傳隨到，有時候媽媽只是有點頭痛而已。

媽媽並不是寡母，爸爸還在，前不久從公職退休了。她琢磨多年，直到聽見前任男友說，妳跟妳媽其實很像，她電掣般領悟，媽媽是怕她複製了她的人生。媽媽以為，她會有不平凡的未來。

前男友離開她時，殘忍地對她說：「我在一篇文章裡讀到，說看母親，就能夠預測女兒的個性。憂鬱的母親，通常也會有不快樂的女兒。」他說：「妳該獨立了，沒必要繼承那片陰影。」他誠懇建議，但無意等待她。他覺得她很美，說她像周慧敏，但是怕跟她組成家庭，從她身邊逃走了。

她動念想買房子，母親與她冷戰，並且很快就病倒了。她用完了一年裡所有的休

假，陪媽媽看病。而後，把媽媽帶到新屋來。房子裡充滿新裝潢的氣味，兩人默默站在狹窄的廚房走道，母親打開流理台上乾淨的玻璃櫃。她說：「從這裡回家，計程車不到一百塊，妳就讓我自己生活吧。我想要一個自己的鍋子、自己的砧板、自己的烤箱。我會照顧自己。妳跟爸多出去走走，身體才會好。」

母親試開了瓦斯爐，望著藍色的火燄：「這瓦斯爐火不夠大。上次妳弟帶回來一組黑鑽鍋，我再叫他搬過來。」

或許，她的問題，從來就不在媽媽，是她自己沒有勇氣；過去她遇見的男人，也都沒有足夠的勇氣。她想。

電話裡，他忽然說：「我差不多十二點收工，等一下妳要不要走到中庭？我們幾年沒見了？」

「四年。」她在心底默默對自己說，但沒說出口，不想讓他覺得自己數算著分離的時光。

上回見面，其實是偶遇，他們分手後，他就出國念書了。重逢時，各自都有伴侶

了。她去看大學同學小冰的新家。小冰要結婚了，找一群同學聚聚，快樂地展示她跟老公的窩。打開臥室門，大家笑鬧起來，主臥室裡的浴室門做成矮木門，上頭未封滿，坐在床上，可以看見淋浴中的人。「太浪漫了吧！」「哇，不能隨便開她家房間門耶。」小冰紅著臉指著他：「都是他設計的啦！」他是在場唯一的男士。

到十一點，小冰的未婚夫也要過來。小冰說：「大家餓了啦，你帶宵夜來。」結果他帶了幾片香雞排，說太晚了，買不到什麼東西了。「好膩啊，誰要吃雞排！」小冰忽然厭惡地別開臉，使起性子。大家面面相覷，不知道真動手吃起來，會不會把小冰搞得下不了台，但放著不吃，男主人太可憐了。

這個房子的設計師忽然問道：「妳家裡有檸檬嗎？」

「有。」小冰從冰箱裡拖出一大袋檸檬。眾人氣氛又活回來了，班長說：「冰箱裡什麼也沒有，冰一堆檸檬幹嘛？妳是懷孕喔。」話一出口，大家看著小冰吃驚的臉，恍然大悟：「真的嗎？」小冰點點頭，幾個女人嘰嘰喳喳、又哭又笑，把小冰簇擁到一邊去。

留下兩個男人在廚房裡。設計師把雞排切成小塊擺放大瓷盤裡，拿一顆檸檬擠汁，調些水、鹽、糖、太白粉，拌勻煮滾了淋上雞片。男主人重新端出那盤雞片，女人們「哇！」一擁而上。

她看著還站在廚房門口的他，玩笑問道：「什麼時候變那麼賢慧了？」

「出國念書的時候學的，我現在很會做菜喔。」

「有這種好事，怎麼不早點說？」意識到自己的話太曖昧，她轉頭去搶了一塊雞肉放嘴裡。淋上的檸檬醬汁，把厚炸的油味消除掉了，眾人嚷嚷著好吃好吃。

他說：「外頭炸的雞片，再怎麼樣都有油耗味，如果雞片是我炸的，保證妳會愛上……」兩人忽而都靜默了。

原本那晚要住下來的，她跟小冰說，怕媽媽擔心，還是回去好了。小冰嘟著嘴：「說好我們大家要聊通宵耶。」她說：「妳有身孕，睡眠要夠，婚禮就會見面了。」小冰拉著她的手不放。他幫她說話了，說的卻是：「放她回去吧，過了十二點，她可能會變南瓜。」她看了他一眼。

「過了十二點，妳會變南瓜嗎？」年輕的時候，兩人再快樂，她從不肯留下。

「對，我會變南瓜！」

小冰的婚禮沒有見到他，問了才知道，他也將在同一個月內結婚，習俗上不能參加別人的婚禮。他太太會很幸福吧？她嫉妒地想著，自己這一生，還有幸福的可能嗎？

他說：「等下到中庭來，給我看看妳現在的樣子。」

她慌亂起來，那麼要不要化個妝呢？可是他知道她是從家裡出來的，又不是街上偶遇，還去化妝，太刻意了吧？乾脆假裝順便出門？對，假裝出去買東西。

她至少換過十套衣服，化了非常有技巧的淡妝，戴了項鍊，耳環……就不用了，香水……蘭蔻的 Tresor，他以前最迷戀她身上 Tresor 的味道，喜歡埋在她長髮後頸間……

「我瘋了嗎？……」她摀住臉坐床上，良久，迷惑地看著手機畫面一閃一閃，進來了簡訊的提醒。滑開手機，她彷彿聽得見他的低語：「工作室有急事，我得立刻趕回去，今天不能看到妳了。」

她立刻就明白了。一旦見了面，世界會渾沌起來，他抽身先走了。就像那年，她抽

身先走。他們之中，總有一個人會先醒過來，讓世界保持澄明。一旦弄混了，他們有過的愛情就俗了。

檸檬雞片

■ 材料：

雞胸肉四百公克、太白粉六大匙、中筋麵粉三大匙。

■ 醃料：

蛋黃一個、鹽半小匙、米酒一大匙、醬油一大匙、白胡椒粉半小匙、太白粉一大匙。

■ 檸檬醬汁：

檸檬汁四大匙、水半杯、鹽1/2小匙、糖1/2小匙、太白粉二小匙、麻油一小匙。

■ 做法：

1. 雞胸肉切薄片，以醃料拌醃二十分鐘。
2. 太白粉、中筋麵粉混合均勻。
3. 熱一鍋油，做法1的雞胸肉沾裹做法2的粉，入熱油小火炸半分鐘即撈起。油再滾後，迅速入鍋再炸半分鐘，起鍋放吸油紙上。所有雞肉片炸完、吸油後擺放盤中。
4. 一大匙熱油炒「檸檬醬汁」的所有作料，煮滾即成檸檬醬汁。淋在做法3的雞片上即成。

檸檬雞片

這道菜要趁熱吃！

05

你給我過來

微鹽年代

玻璃窗外有人，站在大樓洗窗機上。她走近窗邊，與那戴著安全頭盔的年輕男人目光對視了幾秒，男人調開眼光，專注於手上的長刷。她退開，仍遠遠偷瞄那男人。

他長得像一個人。當然不會是他，她認識他時他就差不多這年紀，十多年過去了，而且他懼高，就算流落街頭，也沒法做這份工作吧。

但他會不會真的流落街頭呢？在他們還是同事的時候，她就想過這個問題。

那是她的文藝少女時期，清楚的座標是村上春樹、米蘭昆德拉。讀《聽風的歌》時想到他。書中的女人打電話給主角，問他喜歡燉牛肉嗎？「喜歡。」「我做好了。」問他要不要過來吃。「不錯啊。」女人說：「ＯＫ，一個鐘頭過來。如果遲到我就全部倒進垃圾桶噢，知道嗎？」「可是……」「我最討厭等人了，就這樣噢。」

「我最討厭等人了，就這樣噢。」她深吸一口氣，原來，也有一種愛情的形式是這樣的，然而她永遠在等他。

他們約會等他，一起工作時等他，一起看電影——只有過兩次，都因為等他而從影片中間入場看起，她便不再嘗試。他過著完全沒有時間感的日子。直到有一天她發

隔著一扇扇窗子，看見窗裡形形色色的女人。

也許有一個女人會開窗對你說，我做了燉牛肉噢。

現，那一次的等待，他並不是睡過頭了，而是和別人在一起。為了避免尷尬，她辭了工作。同業馬上就傳開了，立刻有新的職務迎接她。

從入行開始，他就是她的導師，教她許多東西。過去一直不肯動，是為了守著他。最後一天上班時，遠遠看著他的「空位」，她想著，再有才氣，他終有一天會因為難於合作而被這個行業淘汰吧。她不確定自己這麼想著，是詛咒，還是擔憂他。

讀《生命中不能承受之輕》時，她就曾問過他：「噯，覺得你有一天，被十家公司fire掉之後，也會像托馬斯一樣，變成洗窗戶的清潔工。」他搖頭說不可能：「台灣的洗窗工人要吊在洗窗機上，我懼高。」

窗外的洗窗機已經上升了一層樓，她走近窗邊仰看，這角度只隱約看得見他的安全帽，看不見那張神似他的臉。

托馬斯做了洗窗工人，每天扛著長杆走過布拉格，覺得自己年輕了十歲。許多過去的病人紛紛打電話到他的工作單位，指名要他。他們開香檳、白蘭地款待他，然後在他的工單上簽上他洗了十三扇窗戶。他心情愉快極了，穿過布拉格的街巷，從一瓶葡

萄酒晃到另一瓶，這是他偉大的長假。這多出來的大把時間，就是自由空間，對托馬斯而言，從少年時代開始，自由的空間就意謂著女人。

唉，她對他說：「如果有一天，你去做了洗窗工人，隔著一扇扇窗子，會看見窗裡形形色色的女人。也許有一個女人會開窗對你說，我做了燉牛肉噢。而你別說一個鐘頭，一分鐘就可以進去吃燉牛肉了。」他卻忽然對她說：「別光讀小說，幹我們這一行，妳要讀讀詩。」他們做的是廣告。

她開始大量讀詩。

她知道他一如她的預言，流浪過幾家廣告公司。他竟也娶妻、生子。當他們在一起的時候，他總是手一攤：「你看我這德行，能成家嗎？」幾年前他們偶然在一場酒會裡相遇，他拿出新名片，不但換了工作，甚至換了名字，他到大陸發展去了。人改了名，行為模式也能轉變嗎？

但他這一生，仍是她的良師，比如他曾經教她讀詩。

洗窗機又上升了，她仰頭再見不到洗窗工人，卻看見天空出奇的藍。她心底湧起陳

育虹的《魅》，反覆咀嚼這句子：「山海孕育的合歡唉你把我的心又帶遠了／天那麼藍你給我過來」。她淚流滿面。

微鹽小食——05

匈牙利燉牛肉

適合做成蓋飯！

■材料：

牛腩四百公克、洋蔥一個、蘑菇十個、番茄二個。

匈牙利紅椒粉三大匙、黑胡椒粉一小匙、高湯二百五十毫升、酸奶油1/3杯、鹽適量。

■做法：

1. 牛腩、洋蔥、蘑菇、番茄均切塊。
2. 牛腩大火炸一分鐘，鎖住水分，迅速撈起。
3. 另起油鍋，小火炒香洋蔥，再投入蘑菇、番茄，炒軟後，加入匈牙利紅椒粉、黑胡椒粉、高湯、鹽等食材，加回牛肉。煮滾後轉小火，燉二十五分鐘。
4. 關火前拌入酸奶油即成。

■酸奶油做法：

用動物性鮮奶油與原味優格四比一的比例（如二百毫升鮮奶油加五十毫升優格）攪拌均勻，密封放在室溫下靜置八小時，即成酸奶油。做成後放入冰箱可保存一個月。

06

每一支筍，包藏一個答案

微鹽年代

為什麼會那麼熱愛紅燒肉呢？他說：「嗯，這個嘛，有個故事……」她打斷他：「你絕對不要告訴我，那年，你媽媽離家出走，回到家裡，桌上擺著媽媽做的紅燒肉，從此以後，一吃紅燒肉就想起媽媽……」

「誰的媽媽離家出走了！」他說：「我是說啊，小六的時候帶便當，我隔壁的女生便當盒裡經常出現漂亮的紅燒肉，哇塞，超漂亮，那個光澤。有一次，我真的受不了，叫她給我吃一口，她就把她便當裡的紅燒肉統統挖給我……」

「好吃嗎？」

「何止好吃，一輩子都忘不了的味道。」

「那你不會叫你媽做嗎？」

「做啊，可是我媽怎麼做都不好吃！不是肥膩得要命，就是燒得黑黑的，鹹得要死。奇怪，我媽就是不會做紅燒肉，害我後來不管到哪吃飯，都會想點紅燒肉吃吃看，想要找到那個女生便當裡的味道。它外觀家常，但腴潤不膩，比一般吃到的紅燒肉清爽。」

她突然聽見了一個關鍵字，女生！「該不是你暗戀那個女生，她又對你那麼好，把便當裡的紅燒肉統統給你，於是你昇華了那些肉，在記憶、想像中，美化成不世出的紅燒肉！」

「什麼啊！我連她、她長什麼樣子，都、都忘記了……」

她覺得他語氣勉強，略有口吃，十分可疑，但不排斥為他試做紅燒肉。

把五花肉切塊，在水龍頭下嘩嘩嘩嘩沖洗，去除肉腥。取一支竹筍，卸下一層一層外衣，她喜歡這種剝除厚殼的快感。露出嫩白的內裡，是甜是苦？每一支筍，包藏一個答案。把筍切滾刀塊，沸水中汆燙一下。大火煎肉塊，逼出肥膩，尚未調理醬汁，便已經以火上色，煎得赤豔。然後起鍋，倒掉大部分油脂。鍋留少許油，小火炒香蔥、薑，放回肉塊，醬油、酒、水，小火燉煮。半小時後，加入筍塊、糖。再熬半小時，汁收得只餘不太滾動的光澤了。

「來，吃一塊，是這個味道嗎？」

他才見到那小鍋，眼睛便亮了，他恍然大悟：「是筍子！我小時候吃到的那個紅燒

肉，就是用筍子燒的！」

做一道好吃的紅燒肉，一小時以上的工夫是必要的。但她有耐心。那道紅燒肉完全合乎他的心意，他不斷地說，原來如此。

這就是他的紅燒肉故事了。在她走了之後，他並不對人提起，他知道她討厭俗爛的故事。她是那麼有耐心的人，卻走得那樣突兀，那年，搭上飛往香港的華航，在澎湖上空解體。

他常常想起他們初識的那個下午，兩人參加研討會，到了會議地點才發覺，需要脫鞋進場。他發言時，坐在第一排的她笑盈盈地望著他，讓他說得語無倫次。那美麗的笑容是從眼睛裡漾出來的，像對他訴說著秘密。會議一結束，他就走到她面前：「一起去吃飯？」她愣了一下，倒也就跟著他走。

他們到附近一家港式餐廳飲茶。她說：「嗳，你會口吃耶。」她明知道他是被她的笑容搞得神不守舍。「妳剛才到底在笑什麼？」她手托著下巴想了一下，下決心一般，對他說：「你知不知道，你穿了一隻深藍色、一隻黑色的襪子？」

他驚詫低頭看自己的襪子。她以為他會說，啊，出門太匆忙穿錯了，沒想到他的解釋是：「其實我色盲，光線不好的時候，某些顏色會分不清楚。」她比他更尷尬。

「小學的時候，美術課偶爾會畫出奇怪的作品，最常弄錯的是深咖啡色和墨綠色，因為是赤綠色色盲，就會塗出咖啡色的樹葉來。」

「秋天有時候會這樣啊。」她安慰他。

「咦，那時候，坐我旁邊的小女生也是這樣安慰我的。」

後來，她總是仔細檢查他的穿著、配色，陪他買衣服、買領帶。她有耐心。

他們只在一起兩年，甚至來不及結婚。太痛了，他把這些記憶，把她的笑容嚴嚴實實埋藏起來，埋在心核很深很深的位置。還是太痛了，一年年，長出了一瓣一瓣厚殼裹住它，他才能夠好好地過這人生，工作、結婚、生子、旅行、看畫展、聽音樂會、參加同學會……

有人問他紅燒肉的秘訣，那是他跟她學來的拿手好菜，他也不排斥做給家人吃，接受妻子的讚美。但是啊，剝除筍殼的過程，為什麼始終這樣難受呢？

微鹽小食——06

紅燒肉

竹筍是紅燒肉清爽的好搭檔。

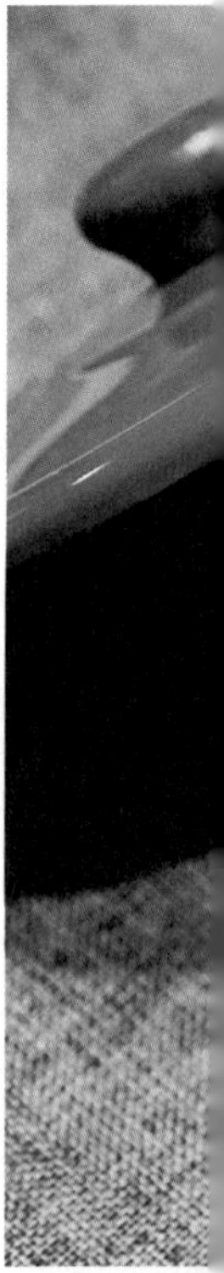

■材料：

五花肉六百公克、竹筍一支、蔥二支、薑三片、醬油1/4杯、米酒二大匙、水一杯、糖一茶匙。

■做法：

1. 五花肉切小方塊，竹筍切滾刀塊，蔥切段，薑切片。
2. 竹筍滾水汆燙即取出。
3. 中火煎五花肉至表面微焦，取出。
4. 鍋留少許油，小火爆香蔥、薑，放回肉塊，一邊翻動，一邊陸續加入醬油、米酒，拌勻，再加入水，煮開後轉小火，燉三十分鐘。其間，偶爾攪動。
5. 加入糖、筍塊，隨時攪動，留意醬汁勿燒乾，再燉三十分鐘即成。

07

我剛剛吃的麵疙瘩叫什麼？

微鹽年代

我又來到左岸佩斯。那家小餐館還在，三年前那位台灣廚師也還在嗎？我要對他說什麼？就算什麼也不敢說，至少，我想至少要問他「古拉什」的做法，我要帶著他的食譜回台北……

高一那年，我在學校的公布欄上看見媽媽的名字，文學獎決審會，媽媽是三位小說決審之一。

過去隱約知道媽媽好像有點名氣，可是我在課本裡從沒讀過她的文章。我問過媽媽，妳不是作家嗎？為什麼課本裡都沒有妳的文章？她第一次是跟我說：「因為我還不夠老，妳讀到的都是老人的作品。」國中時，我發現課本上有作家比她還年輕，她又說：「那是因為媽媽寫的比較深，等妳讀大學就讀到了！」我們倆一起笑倒了。

原來真的很多人認識她，我去聽了那場評審會，雖然我並沒有參加比賽。我很早就立志學獸醫，從沒想過要跟媽媽一樣當作家。

從小，我們活得像一句成語——「相依為命」。好像是小四的時候吧，偶然聽到外婆跟舅舅說：「你妹妹走到哪都帶著丫頭，這樣怎麼可能遇得到姻緣！」當時似懂非

懂，慢慢也就懂了。

我的身分證上父親欄是空白的。那塊空白，是我們家的一個黑洞，它時大時小。在外婆家，它常常變得非常巨大，外婆始終認為一定要把那格空白填上名字，有時導致媽媽拉起我的手就走。走了又後悔，她對我說：「妳以後不要像我這樣傷自己媽媽的心。」自己媽媽……？我說：「那不就是妳嗎？」「就是說啊！」媽媽笑了：「很不要臉吼？」這個黑洞，在我和媽媽之間，可以縮得極小，小到看不見，因為媽媽也是爸爸。

我念小五、小六之後，就不太跟著媽媽參加她外頭的活動了。剛好我的功課變重了，去外婆家吃了晚飯回來，自己做功課、練琴、洗澡，週末要補習英文、鋼琴，我跟媽媽相處的模式，變得像室友，又像姊妹，好像外婆是我們倆的媽。

媽媽是作家這件事，我感覺很酷，但過去我從未讀過她的作品。她寫小說，我沒有興趣，我從小只喜歡讀科普讀物，連童話故事我也覺得無聊。這天來到評審會場，我想看看媽媽在台上的模樣，看她怎麼樣像一個老師，對學生說明她對作品的看法。

她在我面前從沒有老師的樣子，她老是被我唸：「媽，妳要吃水果！外婆把鳳梨削好了。」「媽，可以資源回收的瓶子不要丟在垃圾桶，我旁邊有放回收的紙袋。」她很少做飯，做了也很恐怖，她會把冰箱裡所有的東西都放在一個鍋裡煮，加一些奇怪的香料，還說那是異國風情。

她在台上，和同台的兩位男作家談笑風生，那是我很久沒有看過的媽媽。小時候黏在她身邊，見到許多大人的記憶已經模糊了。那兩位男作家，三言兩語就會恭維一下媽媽，還會假裝爭風吃醋，把場面弄得很刺激，同學們不停地發出笑聲。我也跟著大家大笑，甚至想像，這兩人之一，誰來填我身分證上的父親欄空白比較好？

他倆一個瘦高、一個矮胖，對比很有趣。矮胖的更會說笑，他努力為只獲得他一票的作品拉票，說：「這篇寫前女友，你們知道，前女友是世上最難寫的一種動物。」媽媽不甘示弱地回他一句：「前男友也不好寫啊！」台下哄堂大笑。我遠遠望著媽媽調皮的神情，在笑容化掉的一瞬間，察覺到一抹苦澀。前男友，這個集合名詞之中，包含我的生父吧？

「前男友也不好寫啊！」反覆咀嚼這句母親脫口而出的話語，這意味著她努力地寫過，深知它的難處……。我第一次有了這個念頭：去讀母親的小說，那裡面，一定有我生父的秘密。

母親寫過的小說真不少。九本短篇小說集，三本長篇，至少上百個故事，這裡面究竟有幾個我生父的線索？

我一開始還拿筆記本記錄，每一篇小說裡出現的男人，分析他們的可能機率。記了兩本之後，就發現這其中的徒勞了。原來小說是把現實裡的東西都揉碎了重組，無論背景、長相、個性、命運，那一個又一個不同形式，擁有不同配備、發展運途的變形金剛，每一個都可能含有我生父的某一項零件、某一塊碎片。

直到我把母親的小說全部讀完了，我才領悟其中真正的關鍵。

我發現母親的小說裡經常出現一個類似的角色，他不一定是主角，性別有時也可能是女人，他無預警地消失於原有的人際網絡之中。有的寫他的親人、朋友回憶與他相處的點點滴滴，尋找他消失的前奏，叩問他捨離的理由；有的寫他們的憤怒、悲傷；

有的是悔恨、自責，認為自己是逼走他的最後一根稻草；有的也夢想跟他一樣，拋下所有，重新得到另一個人生。有的著力書寫他走後，留下來的人如何如常地過日子，或者再也不能如常地過日子。

在母親比較後期的小說中，這類型的人物，開始以不同的面貌「被發現」，變成一個偏遠小學的教師、國際志工、有機食品超市的老闆、花田農場工人、某種異端宗教狂熱分子、在遙遠非洲開一家什麼都賣的雜貨店老闆、拉斯維加斯賭場的酒保、定居東歐的小餐館廚師、舊金山碼頭的街頭藝人、粗髮過腰的流浪漢……。他們對於被親人舊識「認出」、「找到」，有的反應漠然；有的立即切斷網絡，再度消失；有的平和以對，但像拔除了過往所有尖刺，變得面目平滑；有的個性卻從軟泥裡長出一片荊棘；有的像站在高處，俯視這俗世、俗人們；有的，再也無法直視親人的眼睛；有的，牽到北京還是牛；有的，徹徹底底換了靈魂。

我明白了，這些，都是我的生父，這是我母親窮其半生一直在尋找的答案。我的生父是我母親生命的傷害者，也是開示者。

小說是把現實裡的東西都揉碎了重組，那一個又一個不同運途的變形金剛，
每一個都可能含有那人的某一項零件、某一塊碎片。

生父的無預警消失（噢，從這些小說中，我已經根深柢固這麼認定了），固然開啟了母親的想像——小說本來就彷彿是作者的「另一個人生」，在小說之中，歧出於既有生命、過起「另一個人生」，那是分岔再分岔的生命可能；另一方面，卻也把母親的情感停留在分離焦慮症的幼兒期。這是我大三那年決定去維也納做交換學生，感受到媽媽異於尋常的慌亂不安，才忽而明白的。

我甚至延伸推測，也因此，她再也無法接納穩定的情感吧。她一直還保有女孩的樣貌，看來不乏追求者，好像也沒有愛我愛到需要犧牲一輩子的青春？

我告訴媽媽想去歐洲交換：「我們有錢嗎？不用學費，但是生活費還滿高的。」媽說錢不是問題，這就是答應的意思了。我卻發現她開始失眠，半夜會跑來看我是否在床上。我還沒出國，她已經瘦了一大圈。

我還是出發了，但在維也納期間，我不停發臉書，直播我的生活，其實是為她一個人發的，讓她知道：我還在，我還在。

聖誕假期跟室友去布達佩斯。在左岸佩斯鍊橋頭附近一家小餐館，遇見了一位台灣

廚師。那不是中國餐館，提供的是當地料理，以匈牙利紅椒粉做出各種的燉牛肉、燉魚、燉菜、燉馬鈴薯、包心菜捲……

他從廚房走到我的面前，他的身上有種甜甜辣辣的煙燻味，他用中文問我：「這裡的食物吃得慣嗎？」我說很好，我喜歡，什麼都燉在一起的風格，對我來說有媽媽的味道，當然比我媽做的好吃多了。他笑了。他看起來四十多歲。

媽媽的小說裡有一篇，不告而別、連他父母都不知去向的男主角，多年後，女主角旅行來到布達佩斯，在餐館和他偶遇。這是跟室友計畫小旅行時，我不假思索就說想來布達佩斯的原因。在這城市裡，我的目光越過一張張鋪著桌巾的木桌，探向廚房，尋找著東方面孔的廚師。

明知道我所遇見的男人，只有極小的機率是我的生父，他至多是那無數碎片中的一片吧，我卻目不轉睛地望著他，想要問他如何來到這裡，如何定居下來，可有想念台灣的親人朋友……。但我還說不出口，他已經轉身了。我在他身後迸出一句：「我們剛剛吃的那個麵疙瘩叫什麼？」

他回身詳細對我說明，那叫「古拉什」，goulash，是匈牙利的經典料理。古拉什本來是一道湯品，以牛肉、大量蔬菜、辛香料熬煮，加上迷你麵疙瘩。他增加了麵疙瘩的比例，做為午餐時間供應的主食。我顫慄地聽著。他說：「這不是你在台灣吃到的麵疙瘩喔。這叫csipetke，用蛋和麵粉揉成。」

我知道的。

在媽媽的小說裡，最後，女主角就是問廚師：「我剛剛吃的那個麵疙瘩叫什麼？」

微鹽小食——07

古拉什麵疙瘩

多放點麵疙瘩，
就可當主食了。

■ 材料：

厚片培根二條、洋蔥一個、牛腱肉五百公克、胡蘿蔔二根、南瓜二百公克、番茄二個、西芹一百公克、馬鈴薯四百公克、匈牙利紅椒粉三湯匙、小茴香籽一茶匙、水二千毫升、蛋二顆、中筋麵粉二百公克、鹽少許。

■ 做法：

1. 培根、洋蔥切丁，牛腱肉、胡蘿蔔、南瓜、西芹、馬鈴薯、番茄切塊。（也可依喜好加青椒等其他蔬菜。）
2. 少許油炒香培根丁，加入洋蔥碎，小火炒到洋蔥呈半透明狀。
3. 加入牛腱肉翻炒，一邊加入匈牙利紅椒粉、小茴香籽，炒勻後加入二千毫升的水，水滾後，轉小火加蓋燉煮一小時。
4. 做法3加入各種蔬菜，續燉二十分鐘。
5. 製作麵疙瘩（匈牙利蛋麵）：把蛋打散，加少許鹽，慢慢倒入麵粉，一邊攪拌，持續攪拌揉捏成麵糰。
6. 做法4所有食材煮軟後，將做法5的麵糰揉搓細長，快速捏出一顆顆小球或玉米片形狀，立刻丟入湯裡。所有麵糰全部加入後，開中火再煮三～五分鐘，小麵糰浮起時便完成了。

08

我想要回答你，還來得及嗎？

微鹽年代

他們相識的地點、場景，真是奇哉怪哉，在陽明山上的國民黨黨史庫；一個學歷史，一個學中文，恰好在那一天上山找碩士論文資料。

整個閱覽室就兩人，各據一桌，翻著三、四十年代的舊報紙。女生輕輕笑出聲音，男生好奇靠過去看，表情不解。女生指指泛黃舊報紙角落的一則廣告：「精血不足，補腎寶典……」翻頁又一則：「腎虧、陽痿不足畏……」男生也笑了：「不論什麼樣的時代，男人的恐懼從來沒改變過。」

真不敢相信，這竟然是他倆初見的開場白，怎麼可以！那時她只顧著笑，後來後悔死了。有人問她，怎麼認識男友的？她說不出口。

他心中對她真正產生感覺，是在黃昏兩人一起走下山的時候。春天的陽明山，四五點以後微風裡有淡淡的草香。從瀑布區往下走，她停下來看涓涓水流。她的長髮在頸後被蝴蝶大髮夾攏住，低頭凝望的側臉，一只長長的耳環從頰邊垂下，耳環墜子是一隻古銅色小魚……。該怎樣解釋那觸動呢？那一刻，看著她的側臉，輕輕晃動的小魚使他感動，使他湧出愛情，很想親吻她。

他沒有對她說過這感觸，總不能說他愛上的是耳環上的那隻小魚，或是小魚的搖曳使他愛上她吧？對於一個服膺證據的史學研究者，他常常思索著這一幕，而每一次思索，便每一次從血液裡湧出蜜來，舌下唾液大量分泌，他真的想親吻她啊。

才交往不久，兩人的生活便要分道揚鑣了。他申請美國東岸一所大學的博士班，I－20註下來了，他邀請她一起走吧，他計算過了，他有獎學金，家裡環境也還過得去，可以貼補些生活費，只要花費簡省，兩人生活不成問題。但那意味著他倆必須先結婚，否則她拿什麼簽證、什麼身分跟著他呢？

她遲疑了，才交往幾個月便要「託付終身」未免嚴重，只是，這一去至少五六年，此刻不能把握住，未來誰知道呢？她連自己的未來都還想不清楚。她說，你先去，給我一年的時間想想吧。

送他出國的叮嚀，無非努力加餐飯。他總是那麼一句：「妳又不嫁給我。」他說，吃東西簡單啊，反正人需要的就是醣、蛋白質、脂肪、礦物質、維生素，把具有這些營養素的東西統統丟進鍋裡煮一煮，就什麼都有啦。

她跟母親學了一道細工菜——「花菇鑲蝦球」，在家練習了好幾遍，到他那兒做給他吃。他看她又是剝蝦、又是挑腸，又是剁、又是拌、又是捏，吃進去不都是蝦嗎？把那捏塑了半天的一丸丸蝦球，鑲進一朵朵香菇裡，再擺陣似地放進電鍋裡蒸。

他說：「直接把蝦仁和香菇炒一炒不就得了？」她不理他，在廚房裡團團轉像個小新娘一般。蒸出來一團團小繡球，是很美，可是……吃個東西，值得花那麼多工夫嗎？

她說：「生命即麻煩，怕麻煩，不如死了好。麻煩剛剛完了，人也完了。」

「什麼？」

「不是我說的啦，張愛玲說的。」

看來他們真的談不來，他出國後，兩人便淡了。那年代還沒有ＭＳＮ、臉書、skype，一開始天天寫email，寫著寫著，間隔便拉長了。

她找到一家出版社的工作，上司還好，但老闆是個說話刻毒的女人。有時聽老闆罵她的主編，她先哭出來。水汪汪的大眼睛難過地望著他，主編一愣，以為她愛上他了。也許她真的愛上他了，但他早有妻女。小出版社，狹窄的空間裡，空氣中飄浮曖

味的離子。中午走出辦公室，吸一口外頭的空氣，儘管有些許的菸味、汽油味、水泥味，但空氣是乾的，不像辦公室裡四處飄飛的朦朧泡泡，不時黏在眼睫上、手背上……

啊，他去美東已經一年多了。她說過一年後給他答案。一年後，她沒答，他也不問，或許他早有新女友，不需要答案了。

她換了一個工作，又換一個工作。三年中，換了五個工作。這一次離職，她心情黯淡，買張機票飛到京都晃盪。當年不能下定決心跟隨他出國，因為對他的感覺還很縹緲，然而慢慢她察覺，每一次遇上挫折、需要抉擇的時刻，總會想起他。

回程時飛機在亂流中忽然劇烈震盪，她撫著胸口，腦海中彈出的畫面是那年在陽明書屋閱覽室裡，望見他抱著幾大冊舊報紙走進來……。啊，她對著老報紙笑出聲來，原來下意識是想引起他的注意，想要認識他。其實從他一走進來，她的心室就沒來由快速顫動。其實，在做那蝦球時，她隱隱希望他再要求她一次，再說一回跟我走吧，而不是說：「吃東西幹嘛要那麼麻煩？」「蝦和香菇，不就是蛋白質、多醣體、維他

命嗎？」

其實那一天，他完全不明白，他都要離開了，她為什麼要把時間花在做一道菜上頭，而不是跟他相處呢？男人這種時候，整個腦袋裡只有一種東西在蠕動啊！她說一年後回答他，他等了一年，沒有答案，也不敢去問，怕這一問，連朋友都做不成了。他的課業也實在沉重得無暇去想、去確認。擱著吧。一年，又一年，到第三年，他問自己：要繼續等待嗎？

多年後，他們互相指控對方差點辜負了自己。還好，還好她從京都回來之後便發了email給他，說：我想要回答你，還來得及嗎？

（噢，你說這是《微鹽年代》出現的第一個喜劇嗎？是吧，我想一點點鹽，本來就是人生需要的呢。）

註：I-20是美國學校提供自費留學生申請簽證時的入學證明文件。

花菇鑲蝦球

■ 材料：

蝦仁二百公克、花菇（也可以用新鮮香菇）十～十二朵、蔥一支、薑少許、鹽1/4小匙、糖少許、白胡椒粉少許、太白粉一大匙、香油一大匙。

■ 做法：

1. 花菇泡軟、去蒂。
2. 蔥、薑切成末（也可加碎荸薺）。
3. 蝦仁剁拍成泥，和蔥末、薑末、鹽、糖、白胡椒粉攪拌均勻，再加入太白粉、香油拌勻，捏成一顆顆小球。
4. 花菇內撒薄薄一層太白粉，把蝦球填進去。
5. 放入電鍋，外鍋3/4杯水蒸熟即成。

花菇鑲蝦球

蝦球還可鑲豆腐、
櫛瓜、茄子……

09

夏綠蒂的修養

微鹽年代

蘿西平常是不讀小說的，經過學校旁的小書店買下這本《The Rosie Project》，只是因為書名。她的英文名字叫Rosie，況且她來念MBA，跑去修一門under[註1]的課，專門就教怎麼寫Project。但什麼是Rosie Project？好奇，便買下這本英文小說。

男主角Don，是個讀來本身就很有心理問題的心理系遺傳學教授。簡直有強迫症，生活完全規格化，連吃飯都有標準化的「備餐系統」。女主角Rosie到他家吃飯，那天星期二，他從浴缸裡撿起一隻龍蝦——牠本來在裡面爬來爬去，準備按每週二的計畫做龍蝦和芒果酪梨沙拉。她讀到這裡笑了出來，小說家真會掰，哪有人每個禮拜吃一隻龍蝦的？

她邊笑邊把小說讀完了，是個有趣的浪漫喜劇。真的有趣嗎？她想，在小說、電影裡，人格特徵突出的人物會讓人覺得好玩，但若在現實生活中相處，那種人肯定很討厭吧。

小說看完，書不知塞哪去了。那時候，蘿西不會知道這書種下的暗示，冥冥中影響了她的命運。

她喜歡的那個男孩子，剛從伊利諾大學香檳分校轉來念生物的阿傑，說這個禮拜有同學從伊利諾過來看他，問可不可以介紹她認識？那是他最要好的朋友。她腦子發脹，捉摸不清這話的語意，是因為她在他心目中很重要，想讓自己的好朋友也認識她？還是要作媒，把她介紹給他的好朋友？

她不知道該歡喜還是生氣，但不能問啊。她學的管理，在這裡唯一派得上用場的，也許就是管理自己的情緒？

她不是浪漫而容易墜入情網的人，身邊的女孩子們一向不是在戀愛、失戀，就是在暗戀中，只有她覺得莫名其妙。她曾經問過一位懂命理的學姊：「我從來沒有感覺過『愛情』，是不是我一輩子都不會擁有這個東西？」學姊笑說，斷情根，那是上輩子有修啊！把她的八字拿來一看，學姊沉吟半晌，意味深長地說：「妳只有一次機會，來了就好好握牢吧。」

「錯過了，這輩子就嫁不出去嗎？」

「妳不會嫁不出去，像夏綠蒂那樣嫁個條件合宜的人，妳會做這種事。」

「夏綠蒂，誰？」她的朋友中沒有夏綠蒂。

「《傲慢與偏見》裡的夏綠蒂啊。」

喔，是書裡的人。小時候讀過簡譯本，只記得好多女生想嫁人，一直在跳舞，男女主角一個是傲慢，一個是偏見，其他全忘了。對了，還記得一句對白，因為讀到的時候大笑出來。女主角那個愚蠢的媽媽對她老公嘮嘮叨叨，細數大女兒在舞會上跟誰誰誰誰跳了舞，她老公嘆口氣說：「珍如果知道我得聽到那麼多名字，她不會一直跳個不停的！」

想到這，不覺莞爾。男女主角是怎麼樣峰迴路轉成就了愛情喜劇，全不記得，卻記得這種對話，可見自己真的是極不浪漫也不嚮往。但是啊，遇見阿傑，為什麼竟然心慌意亂呢？

當年蘿西一頭霧水聽學姊說到夏綠蒂，那個春假，她便去買了本《傲慢與偏見》來讀。這回當然不是看少年簡譯版，是志文出版的精裝本呢。為了弄清楚「像夏綠蒂那樣」是什麼意思，她一口氣讀完。第十三章，荒謬、滔滔不絕、又言必稱「凱莎琳夫

就像想吃龍蝦的人，你在他面前講一堆什麼節儉、什麼膽固醇，
拿起菜單，考慮半天，最後還是會點龍蝦。

人」的柯林斯先生出現了。連續幾章的描述，都在表現他的天生蠢相。到第二十二章，夏綠蒂，女主角伊麗莎白的手帕交，為了生活的保障、勉強升格的社經地位，決定嫁給蠢人柯林斯。

原來學姊說「妳會做這種事」指的是這個！她恨不得跟學姊絕交，她哪是要仰仗男人才能活的呢！

如今回想，不氣憤了，卻覺得悲涼起來。夏綠蒂是悲涼的，她在安穩庸俗的現實中，偷偷建立自己的小世界；發覺柯林斯「最高尚的娛樂」就是收拾花園，她刻意鼓勵他多在花園裡待著。蘿西想起自己的母親，若有所悟。父親退休後，幾乎得憂鬱症的是媽媽，還好，媽媽從儲藏室裡挖出爸爸年輕時代一時興起買下的一整套木工器具，鑽頭、線鋸機、修邊機什麼都有。媽媽引導爸爸建立起木工ＤＩＹ的新生活，解救了全家。現在他們家連面紙盒都是木做的。

她已經不害怕成為夏綠蒂了，甚至覺得，女人年紀大了之後，都應該有點夏綠蒂的修養。

可是啊，為什麼阿傑看她的眼神，讓她連路都走不穩呢？阿傑說要她認識他的好朋友，雖然困惑，她卻沒辦法拒絕他。她說，帶他一起來吃飯吧。她不想要約在餐廳、咖啡廳，俗氣地一邊喝咖啡，一邊聽對方洋洋灑灑promote他自己，或是質詢、等待她的presentation。到她家，她可以觀察，至不濟，可以躲進廚房。廚房裡，神隱的藉口可多著呢。

該做什麼招待他們呢？她不是廚藝高超的女生，何況報告都寫不完了。有什麼做法簡單、卻顯得慎重、不會讓阿傑沒面子的食物呢？——儼然自己跟阿傑是男女主人了呀，這想法令她臉紅心跳。啊，她想起不久前讀過的小說，龍蝦！

她開車到漁人碼頭，找到同學說的可以幫忙處理新鮮龍蝦的攤子。她可不想讓幾隻活龍蝦在她的浴缸裡爬來爬去。老闆幫她把蝦身和頭分裝兩個袋子，撒上碎冰。她恐怖地指著那三個龍蝦頭：「那個，我不要！」老闆不解：「你們，不是最喜歡拿龍蝦頭煮味噌豆腐湯嗎？」

「你們」大概指的是什麼都吃的華人吧，他還知道味噌豆腐湯哩！不要，看到那個

頭，會覺得自己把海龍王吃掉了，沒有頭的龍蝦，就只是比較大、比較胖的蝦。

她要做碼頭老闆教她的奶油焗龍蝦，他說龍蝦不要過度繁複烹調，正合她意。按著老闆教她的，小心翼翼剪開龍蝦腹部的殼，把肉翻出來，撒一點白酒、鹽、黑胡椒。放軟的牛油和百里香碎葉濃濃塗裹龍蝦肉，再把肉塞回蝦殼裡，送進烤箱。還記得老闆挑挑眉毛，唱歌似地對她說：「十五分鐘以後拿出來，我保證，妳的客人會大叫：我愛妳！」

* * *

阿傑這名字，是從他的英文名字Alger演化來的。

阿傑老是三心兩意，他大學讀生物，雖然是喜歡的領域，科系也是自己選的，卻總覺得前途黯淡。出國時，也試著申請CS註2。他托福、GRE都考了高分，意外拿到Urbana Champaign的入學許可。夏天來到這個美麗的雙子城，學校四周是青青農田，

每日騎車十分愜意。一有空，就跟一起從台灣來的室友菲利普輪流開車，到處兜風，好像他們就是為了開車才來美國的。

第三個週末，他們開到一個城市公園下車走走。菲利普去找投幣飲料，阿傑倚靠著車發呆，一縷白煙倏地竄入竄出他的視線。那是什麼？抬頭看樹，天哪！白松鼠！除了頭上兩抹淡灰色的毛，全身那麼潔白、那麼美，尾巴像穿了白色大蓬裙。他和牠對望了好久，菲利普一回來，白松鼠迅捷跳到別棵樹去了。他扭開菲利普丟給他的礦泉水，忽然說：「阿菲，我決定去舊金山。」他還保留著柏克萊的Amission。下禮拜就要開學了，一切變得倉皇窘迫。

他真的是個三心兩意的人。寒假，菲利普過來玩，說伊利諾太無聊，還是舊金山好玩啊。Urbana的緯度只比舊金山高一點點，卻常大雪，一下雪，世界白茫茫，「剛看很美，看久了，無聊死了！阿傑，你可能真的來對了。你一開始就應該依照自己的直覺，不要想太多。」然而阿傑告訴他，還有更打不定主意的事。他在台北有個追了兩年多的女朋友，那女孩子若即若離的，最近卻積極了起來。

「為什麼？」

「女生第六感都很準。」

「你移情別戀了？」

「我也不知道。」

「我不相信那種『自己也不知道』的說法。你其實一定知道。」

他開始講述跟蘿西認識的過程。蘿西在停車場開車門時A到了他的車，她給他留了字條貼在車窗上。所以，他們是從一張便利貼開始交往的。

菲利普笑說：「這個女生很誠實，是我就落跑了。」

對，她很誠實，不會玩許多女孩子欲擒故縱的把戲。她「喜歡他」的訊息清楚明白，有時他靠近她說幾句話，能察覺她額上微微地沁汗，像緊張的小動物輕顫的反應。她的額頭很美很飽滿，高智商的感覺，跟她感情上的稚拙有很大的反差。

比起來，台北女友狡黠活潑得多。他之前追得那麼辛苦，竟然離開不到半年就變了，好像自己是個爛人。他必須明快抉擇，這種模糊狀況持續下去，就真的是擺爛

了。菲利普淡淡地說：「想怎麼做，其實你心裡已經決定了。」

「我決定了什麼？」

「我們男人啊，」菲利普說：「就像想吃龍蝦的人，你在他面前講一堆什麼節儉、什麼膽固醇，拿起菜單，考慮半天，最後還是會點龍蝦。」

「她們是人，又不是蝦！」

阿傑停好車，「到她面前不要亂講話。回去再給我意見。」

菲利普說：「你不需要我的意見……啊，好香啊！」空氣中瀰漫一股濃烈慾望的香氣，菲利普說：「你的新歡在煮什麼？」

蘿西戴著大手套，從烤箱裡捧出深藍色北歐風烤盤。一放上餐桌，兩個男孩子異口同聲大叫：「龍蝦！」

註1：under指大學部。

註2：Computer Science。

微鹽小食——09

奶油焗龍蝦

■ 材料：

龍蝦尾三隻、牛油一百五十公克、百里香六小匙，白酒、鹽、黑胡椒粉適量。

■ 做法：

1. 剪開龍蝦腹部的殼，把肉翻出來，少許白酒、鹽、黑胡椒醃十五分鐘。烤箱以一九〇度預熱。
2. 牛油放軟，與百里香碎葉攪拌均勻，塗裹龍蝦肉，再把肉塞回蝦殼裡。多餘的奶油在蝦腹上全部塗抹完，放進烤盤。烤十五分鐘即成。

10

莎莎

微鹽年代

她什麼都不會，就會做莎莎醬，老公、小孩現在索性都喊她莎莎。

她的莎莎醬，就是他們一家的四季，雖然只是微細的顏色、味覺變化，她端出來的時候，總會強調一下：有芒果的莎莎醬快過去了，夏季很長，芒果的時間卻那麼短暫。家人會嗯唉附和一聲，舀一勺莎莎醬，搭配簡單乾煎的一片鯛魚，或是幾片松阪豬，又或者兩尾香煎大明蝦，敬一口甜白酒或果汁。

難得職業婦女莎莎週末下廚，整個桌面也會是這樣時尚簡潔，充滿小資情調的。偶爾朋友來，孩子帶同學來，無不對莎莎的手藝驚為天人。他們都不好意思戳破，其實她就只會做莎莎醬而已。不過至少，她煎那些主菜也還小心翼翼，不致燒焦，能夠漂亮起鍋，放在雅致的餐盤上，看來確實美觀。再聽她輕嘆一聲，吃吃看喔，有甜柿的莎莎醬，秋末初冬的味道呢。客人嘗一口，讚歎油然而生，與其說是讚歎莎莎的手藝，更像是讚歎上蒼的賜予，季節的更替。

她的莎莎醬確實美味。選一兩種當令水果，加上番茄、洋蔥、香菜這幾樣基本班底，全部切成小丁，加少許鹽、辣椒粉、巴西里末、黑胡椒粉、蜂蜜、檸檬汁攪拌均

匀，就是酸甜輕爽，可以中和肉類油脂葷腥的水果莎莎醬了。高檔的水蜜桃花蜜是她的小秘方。想吃辣時，也可以切一點點綠辣椒拌進去。

飯廳也講究，櫻桃木的實木餐桌椅，餐櫃是柚木搭配白色帶有線條的面板，她覺得這讓吃飯有好心情。老公不敢說：可是妳一年做幾次飯呢？他對白色感到壓迫，但沒有說出口。「白色怎麼可能會給人壓迫感？」她一定這麼反駁。白色太時尚、太簡約，太……像他娶回來的老婆。

他愛過一個女孩子，非常聰明，但是有點邋遢，她從洗手間出來，他會悄悄檢查她的衣著，因為曾經兩度發現她的裙襬一角被內褲的鬆緊帶夾住！他們是研究所同班同學，經常一起上圖書館查資料，日久就在一起了。有一個早晨，他去敲她的房門，她門開一條縫，眼神沉著，不請他進去。他明白了，黯然離開，沒頭沒腦地在街上不斷地走，乍然清醒時，發覺自己竟從和平西路一路走到了圓山。

幾年後，他們曾在餐廳裡重逢。他和妻子安靜地晚餐，妻忽然說，你不要往回看。「什麼？」「我們後面那桌，你不要回頭看。」「為什麼？」妻臉紅了，訥訥地說：

「有個女的正在餵奶，她整個都……露出來了。」大約都過半小時了，他起身上洗手間，走回座位時，向他們後面那桌瞥了一眼，發覺竟是前女友，而且還在餵奶，袒著半邊乳房。同桌有兩男兩女，他連哪一個是她老公都沒能看一眼便倉皇坐下，入座的一剎，接收到她的目光，她知道是他，甚至可能早就知道他坐在那裡！

他看過千百次的乳房，在他身後袒露著、被吸吮著，他比自己所以為的更心慌。當年在街上失魂落魄地走著，瘋狂想像女友與別人燕好的姿態重新在腦中上演。妻子白了他一眼：「就叫你不要亂看！」

他覺得自己太荒謬了。妻子貌美，善於打扮，工作也好強，他有時覺得她像家裡美麗的飯廳，那麼乾淨明亮，他卻不時想起把自己人生搞得一團糟的前女友。他結婚前夕，前女友來到他的面前，求他：「不要結婚好不好？」鼻涕眼淚流滿半張臉，在幾乎把她擁入懷裡的片刻，他想起未婚妻清澈的明眸，覺如棒喝，堅定地把前女友送走了。婚後擁著妻子，卻有時想像擁抱著哭求他的前女友，愈責備自己，愈是錯亂。

今天妻的莎莎醬搭配的是白胖胖的大干貝。肉質鮮嫩的干貝，以奶油煎出金黃表

面，入口柔腴。小孩都不在，「今天吃那麼好？」妻笑而不語。

莎莎覺得自己從謊言中驚醒的那個午後，在書房裡哭，哭過，平靜了又哭，平靜了又哭，到眼淚乾涸時，天色已經墨黑了。她在一本舊相簿裡旁註的日期發現了一個秘密，原來老公一直使用的提款卡密碼，是他前女友的生日。

有次他在國外，請她幫忙提錢給急需用錢的老媽時，傳密碼給她，她疑惑地問他：「為什麼是這麼奇怪的數字？」老公輕描淡寫回答：「我也忘了為什麼，反正已經用很久了。」如今她拿那組密碼試老公的電腦，一試就成功，這電腦才買兩年而已！

這一天，老公去參加公司舉辦的運動會，她四體不勤，不太陪他參加這類活動。過去，從未懷疑過老公單獨出門的去向，第一次，她失去了信任。她進入老公的信箱、臉書瀏覽，沒什麼特別的信件，行事曆上也確實註記著運動會，看來他們並沒有聯絡。但她還是深深被刺傷了，愚蠢的男人啊。

他們認識的那年，她二十七歲，跟交往五年的男友分手兩年多了。那兩年，她活在懊悔裡，當初為什麼非要分手呢？可是那時就是覺得兩人走到了盡頭，他做什麼都使

她反感。她發覺他的書桌墊子下壓著一張他美麗的表姊的照片，覺得作嘔；他吃飯的咀嚼聲使她暴怒；他對時勢、政治無窮的意見使她心煩……，她看不見愛情是否真已消失，看得見的是這些令人煩躁的瑣碎，這些事使她忍無可忍。

她重重打擊了他，自己也一點都不好過。那兩年，她常無端想起在他家裡的一些生活細節。她週末到他家過夜，他們兄弟姊妹會買一大堆的零食、夜市小吃，聚在客廳裡邊吃邊聊。他們的爸爸找女朋友去了，而母親早逝。她接觸那樣的家庭，才明白沒有母親的家原來是這樣的，不需要照三餐吃飯，零食也可以一直吃一直吃。他是老大，兩個弟弟、兩個妹妹都依戀她，只要她去，大家都不睡似地，聊天聊到三更半夜。她有時覺得，自己比愛他更甚的，是喜歡那樣的家庭氛圍，沒有女主人的家，對一個外來的女孩子來說，意外的輕鬆。

因為任性，她傷害了他，甚至不止他，她傷害了他們一家人，也失去了他們一家人。在他們分手後一段時間，懊悔的感覺慢慢籠上來，淹沒她。

老公是她哥的同學，他們一夥同學到她家吃火鍋聚會。她如常窩在樓上沒下去。嫂

嫂喊她下樓吃火鍋喊了幾次，怕讓哥嫂難堪，她無奈走出房門。幾個未婚的男生一見到樓梯上的她，誇張地打她老哥的頭：「有這種妹妹，不早帶我們來！」未來的老公仰頭凝望她的眼睛，掉進海裡一般。

昏坐在漆黑的書房裡，她終於起身把燈打開，把信箱新收的信恢復成粗黑的「未閱讀」狀態。把信箱關起來，把電腦關起來。她決定，把他的秘密留在黑色螢幕裡吧。

兩個孩子都上學了，這幾年來，自己未嘗不曾想起在悔恨中度過的那兩年黯淡歲月，以及更往前的吉光片羽；當年非分手不可，像契訶夫小說裡的女人那樣狂喊「生命使我想吐！」的癥結究竟是什麼？卻早已化為無形了。老公也是一樣的吧？

她還是做莎莎醬，她只會做莎莎醬，但是她想著，該可以把她的主菜做得更好一點的。

微鹽小食——10

奶油嫩煎干貝佐莎莎醬

水果莎莎醬可中和肉類的油脂葷腥。

嫩煎干貝

■ 材料：

大干貝六個、奶油一大匙、橄欖油一大匙。

■ 做法：

1. 干貝洗淨，常溫放二十分鐘後擦乾水分，撒一點點鹽調味。
2. 熱平底鍋，加入奶油、橄欖油，油熱至微冒煙才下干貝。干貝之間要留空隙，以免油溫降低，便無法煎出金黃色澤。一面約煎兩分鐘後翻面，再煎兩分鐘起鍋。（只要表面色澤金黃微焦即可，無須在鍋中全熟，起鍋後餘熱會使中心熟透。）

莎莎醬

■ 材料：

蘋果、鳳梨（或其他當季水果）、番茄、洋蔥、香菜均適量。鹽、辣椒粉、巴西里末、黑胡椒粉、蜂蜜均適量，檸檬1/2顆。

■ 做法：

1. 水果、番茄、洋蔥、香菜切成相同大小的丁狀。
2. 檸檬榨汁。
3. 所有材料攪拌均勻即成。

II

有媽媽陪妳長大

微鹽年代

女兒馨馨無頭蒼蠅似地，一下子騎腳踏車出去，一下子窩廚房裡，進進出出。「這麼忙？」他從電腦前抬頭，她到底在幹嘛？馨馨說：「我在試煮義大利麵。」

「請男朋友嗎？」

馨馨瞪他一眼。她這個夏天就要上大學了，學測完之後，週末家裡便常有年輕人出入，但多半是三四個一小群，有男有女，並沒有單獨帶男孩子回來過。會想自己動手做，那一定是有喜歡的對象了吧？

「爸，你以前煮過的那個義大利麵，是不是就是用花枝、培根和番茄？」她揚起手上那包培根：「對吧，有加這個？」

培根是沒錯，但是花枝？他笑起來：「不是用花枝啦，是用透抽。」

「兩個不一樣嗎？」

「花枝比較胖，肉比較厚，透抽細細長長的，才能切成一個個小圈圈。妳從小就喜歡吃小圈圈、小貝殼啊。」他跟進廚房，看看她弄到什麼地步了。鍋子刷得亮晶晶的，流理台上，有番茄、貝殼麵，還有一包還沒完全退冰的白色頭足綱軟體動物，果

然是花枝。「同學什麼時候來？」

「明天啦，我只是想先試煮看看……」

女兒竟然收起刁蠻口氣彆扭起來，看樣子真有喜歡的人了。還試做啊，看來是朝必勝的目標努力呢。她讀書從來不需要他操心，課前會自己預習，課後複習就事半功倍，連補習都不必，像她媽媽一樣聰明。

「還缺洋蔥、蒜頭……」檢查一下櫃子裡的瓶瓶罐罐，橄欖油，有的，百里香、黑胡椒，有的，但這些東西都擺一年以上了吧？八成過期了。他建議一起去超市把作料買齊，好嗎？

這不是父女倆第一次上超市，只是馨馨念高中以後功課重，壓力大，才比較少跟著他，也可能是她有自己的朋友了。比較小的時候，他去哪都帶著她。週末去超市補貨，馨馨也跟著去。他買水果、鮮奶，馨馨就拚命搬餅乾、飲料。面對那些洋芋片、可樂，有時他會想：如果老婆還在，會准許馨馨把這些東西放進購物車嗎？一年一年，他的判斷愈來愈模糊……。妻並不是嘮嘮叨叨的女人，況且是職業婦女，妻到底

是怎麼樣帶孩子的？

妻走的那年，馨馨剛升上小二，別說她對媽媽記憶不深，連他也搞不清楚妻是一個怎麼樣的母親，因為……他實在太忙了，他根本不太知道她們母女平日是怎麼相處的。唯一確定的是，妻很愛女兒，很愛很愛。臨終前，她傷心欲絕對他說：「要先走，讓你辛苦了，對不起！對馨馨，我真的好抱歉好抱歉啊，我怎麼可以沒有陪伴她長大！」

一轉眼，竟然就十年了。等馨馨上了大學，大概更難跟他出門吧。

馨馨低頭從海鮮區拿起一個長條真空包裝察看：「透抽耶，難怪我之前看那個花枝就覺得怪怪的。」

她的長髮紮成馬尾，一些絨毛般的髮絲垂落額前，她已長成比媽媽更漂亮的少女。他想起自己一向並不關心她留什麼髮型、穿什麼衣服，反正大部分時間都是制服。現在看她，才發覺她把自己打理得很好，乾乾淨淨的，嗯，那個馬尾也綁得很好看……綁馬尾大概不是很難吧？主要是，她好像自己就學會了所有女孩子的事務？連發育，

都是有一天在超市結帳時發覺購物車裡有了衛生棉，他才知道女兒初經來了。

馨馨轉過頭來，對他露出明麗的笑容。

＊＊＊

馨馨從香料區拿起一罐巴西里碎，問爸爸：「義大利麵可以加這個嗎？」爸爸說：「雖然沒加過，但妳不覺得這東西光看名字，就知道放進義大利麵裡一定沒問題？」嗯，她把那罐巴西里放進小推車。

爸問她義大利麵是要做給男朋友吃嗎？也對，也不對。

從國三上，她跟若楓、阿沖、鄧子四個人一起上圖書館衝基測，四個人全部上第一志願；高中三年來，他們一起念書K段考，校慶時一起回母校，到最近一起衝學測、弄申請資料。他們講好了，等面試、筆試完，四個人就要痛痛快快地去環島，回來再接受放榜的審判。他們互相勉勵，一鼓作氣，只要能在第一階段選擇喜歡的校系，放榜

出來，有什麼念什麼，不要參加指考，要開始他們的新生活，他們有好多事想做啊！

可是環島回來，有些什麼不一樣了。

她是喜歡阿沖的，從小學就有感覺了。小二那年，媽媽過世的時候，她請完喪假回到學校，她知道同學們都在偷偷地看她，她不想在大家面前哭，也不應該隨便笑，一整天緊抿著嘴，心裡好氣媽媽，又想到媽媽開刀的時候一定很痛，每當眼淚想要跑出來，就捏緊拳頭，很奇怪，那樣就會忍住了。可是寫字的時候，手掌打開來，手心裡全是汗，她愣愣地看著手：沒有哭出來的眼淚，跑到手心裡面了嗎？

坐她旁邊的阿沖從書包裡拿出一包面紙，撕開給她。她一接過來，眼淚就嘩嘩嘩流了出來，眼淚的水龍頭忽然怎麼關也關不起來。阿沖站起來把她遮住，不讓大家看她掉眼淚，她一邊抽面紙，一邊嚥下快要發出來的哽咽聲……。後來呢？好像爸爸就來接她，她也不太記得了。只記得從此阿沖就變成她最要好的朋友，她覺得他們會是一輩子的朋友。

若楓、鄧子是上國中才認識的。他們四個同班，鄧子本來功課有點爛，但是很聰明

吧，跟他們三個人一起念書之後忽然突飛猛進，基測反而是四個人裡考得最好的。

環島時，他們四個人，兩兩之間，都有種難以言說的張力。坐在回台北的夜車上，阿沖、若楓都睡著了，她跟鄧子聊了很多，好像可以徹夜不睡一直聊下去……。阿沖、若楓陸續醒來，四個人就像掉進稠稠的膠水裡，喔，馨馨的腦子也變成濃稠的膠水了。

下火車後，他們跑去國中母校附近的一家西餐廳吃早餐。若楓是第一個從膠水裡拔出來的，她聊起他們家的早餐，她媽媽最重視早餐了，有時候中式，有時候西式，會打豆漿，會煎漢堡，若沒吃就出門，她會披頭散髮追出來。「我媽亂煩的！」

阿沖忽然打斷她：「別一直講妳媽啦。」另外三人抬頭看他，全部又掉進膠水裡了。

馨馨知道阿沖是怕她難過，其實她並不自憐。有一段時間，網路上流行一篇文章，說爸爸帶出來的孩子更聰明，洋洋灑灑列了九大理由，比如爸爸的知識面相對較廣，爸爸比較不容易溺愛孩子，爸爸能讓孩子情緒穩定、更獨立，爸爸有助於培養孩子的冒險和探索精神，爸爸更能夠幫孩子養成愛運動的習慣等等。有同學傳了給她，大概

是肯定她果然是「爸爸帶出來」的「更聰明」的小孩。
她輕易就接受了這種說法，只是覺得自己好像應該多運動，以符合、強化這種論點？這說法使她安心，她不必因為沒有媽媽陪伴長大而遺憾，她身心都很健康。
那時候她不知道，有一天，自己會走進這樣的迷霧之中：事事護著她的阿沖，有時饒有興味地看著她的鄧子，哪一個才是愛情？或者都不是？若楓忽然變得不是太沉默就是太亢奮，是不是也在這兩個男生之間困惑？而她的心呢？她的心呢？
從媽媽過世以來，第一次，她第一次在心裡吶喊：如果妳在，媽媽，妳會告訴我答案嗎？
沒有媽媽，還是會跨過這些事情吧？他們四個人已經變得尷尬而有點陌生了。下個禮拜，各大學申請入學就會陸續放榜了，他們將北中南各分東西也說不定。她不要失去這三個好朋友！她突發奇想，想要親手做一餐請他們品嘗。
她是爸爸帶大的小孩，也可以做出像模像樣的義大利麵，她從來不因為沒有媽媽而自卑，也不要他們這樣看待她，更不需要對她小心翼翼。爸爸以前做過好好吃的義大

利麵喔，雖然只做過幾次而已，都是她生日、爸爸不加班的時候，且只有那麼一招，就是番茄培根透抽貝殼麵！

＊＊＊

父女兩人同時在廚房裡，廚房就擠爆了。奇怪，她也看過若楓和她媽媽在廚房裡的畫面，卻不會有這種感覺。

爸爸教她，把小番茄切成兩半，他示範的時候還「噗」地噴汁噴到自己臉上。然後撒一點點鹽和百里香葉醃起來。再把蒜頭、洋蔥、培根切碎，透抽切成一截截小圓圈。

「開始表演囉！」

爸爸在鍋裡倒一點點橄欖油，先把培根的油逼出來，小火炒蒜頭、洋蔥、培根末，炒得香氣撲鼻時火轉大，放進透抽。半透明的透抽，很快變成了乳白色。「重點來了！這瓶白酒，妳聞聞看。」

「好香！」

「香吧？同事送的，開來給妳煮麵，奢侈吧？」

爸爸倒進白酒時那義薄雲天的表情把她逗笑了。

「煮一下，等酒精揮發了，把透抽先挑出來，才不會煮老。」

爸爸挑透抽，然後放番茄，一下子加水，一下子加鹽、加黑胡椒……，她在旁邊拿著記事本，一道一道記下來。

「等一下，你剛剛是放多少白酒？」

「就這小杯子半杯還是一杯。」

「半杯跟一杯差一倍耶，爸！還有，後來是加多少鹽？」

「隨便啊。」

爸爸做菜，並沒有比較科學嘛！

貝殼麵進鍋了，爸爸蓋上鍋蓋：「妳看看這個包裝上寫麵要煮幾分鐘？我老花了看不見。」

在鍋裡倒一點點橄欖油，小火炒蒜頭、洋蔥、培根末，
放進透抽、白酒、番茄……最後貝殼麵進鍋……

原來爸爸老花了，她吃了一驚，爸爸看起來一點都不老。「十分鐘。」

爸爸拿出計時器，快速按了十下。動作真熟練，不知道的人會以為他非常會做菜。

她覺得驕傲起來。

「爸，我是想煮給我最要好的朋友吃；也想告訴他們，只有爸爸陪伴長大的女生，會念書，也會做飯……」

爸爸愣了一下，掀開鍋蓋，一邊攪動貝殼麵，一邊說道：「這道義大利麵是妳媽媽教我的。她說妳小時候煮給妳吃的東西裡，妳最喜歡的就是這一道。她的病來得太快，只能教會我這一道了。妳從來就不是只有爸爸陪伴長大，有媽媽陪妳長大……」

麵的霧氣好重啊，她撇過頭擦掉臉上的蒸氣，計時器嗶嗶嗶嗶響了……

微鹽小食——11

番茄培根透抽貝殼麵

■ 材料：

透抽一尾、小番茄十二～十五顆、洋蔥1/4個、蒜頭一瓣、培根二條、白酒八十毫升、貝殼麵三杯、水二杯、鹽一小匙、黑胡椒隨意、橄欖油二大匙、百里香葉一小匙、巴西里末隨意。

■ 做法：

1. 小番茄對半切，少許鹽、百里香葉醃一下。
2. 蒜頭、洋蔥、培根切碎，透抽切成小圓圈狀。
3. 橄欖油中火煎培根，出油後加入蒜末、洋蔥，小火炒香。
4. 加入透抽，轉大火煮成白色，加白酒，續煮一～兩分鐘，轉小火，取出透抽備用。
5. 加入番茄炒一分鐘，加二杯水煮滾，加鹽、黑胡椒調味。
6. 加貝殼麵，小火煮約十分鐘，不時攪動，以免黏鍋；太稠時可加少許清水。
7. 放回透抽，再拌煮一分鐘起鍋。撒上巴西里末即成。

番茄培根透抽貝殼麵

小貝殼和小圈圈，是孩子的最愛。

12

最迷人的笑容

微鹽年代

看了一下座位，她覺得懊惱，被夾在中間，這是最糟的情況。她喜歡坐靠窗，否則寧可靠走道。這一排的乘客都上來了，老伯伯、中年男子，這下可好，她得被夾在兩個男人之間。老伯伯先坐進去了，中年男子很紳士，問她：「如果妳想坐靠走道，我可以跟妳換。」這麼好？她難為情地點點頭，中年男子幫她把登機箱放上頭頂的置物櫃，自己先坐進去了。

這男人面熟。她對臉孔有良好的辨識和記憶力，而大學時期在餐廳打過工，使得她的記憶匣裡儲存了相當多的面孔。把這張臉的檔案調閱出來需要一點時間，她努力回想，一定是在餐廳見過的，那是什麼樣的場景？為什麼能感受到深刻的印象？

起飛後他倆各自戴上耳機，看面前的螢幕。她選了歐洲片「愛慕」，老人照顧老人，沉重啊，不過若能就看著睡著也不錯，她想。

她瞄一眼旁邊的畫面，反光，看不清楚是什麼片，只知道大概是槍戰打鬥之類。她不太看好萊塢警匪片，也不看周星馳的搞笑片，她的前男友對她說過，妳應該多笑笑，別老看藝術片，妳的人生太沉重了。她說，那種片我根本笑不出來！「所以妳這

人有問題。」對話總在這樣的推論裡卡住。

餐車來了。空中小姐蹲低了身子問她：「小姐，您要吃雞肉麵還是豬肉飯？」她想了一下：「雞肉麵。」「先生呢？」「豬肉飯。」「好的。」

「伯伯，您要吃雞肉麵還是豬肉飯？」

「什麼東西？」

「您要吃雞肉麵還是豬肉飯？」

「啊？」

「要吃雞肉還是豬肉？」

「什麼肉？」

「雞肉還是豬肉！」她、中年男子和空中小姐齊聲說道。

「喔，我要吃鴨肉。」

他倆看了空姐一眼，又相互對看，紛紛笑得倒在面前的餐板上頭。她在狂笑中看著側躺著的他的臉，猛地想起：「啊，椒麻雞！」

「什麼？」中年男子坐起來，以為她鬧開了，笑著回應她：「我還東坡肉！」

不是的，她想起來為什麼覺得他面熟了。關鍵字就是：椒麻雞。

那年她在泰式餐廳打工，做外場。有個夜晚，走進一個揹口大包包的男人，引他坐定後，她才看清楚，包包裡露出一個狗頭來，是隻漂亮的紅貴賓。他把狗頭按進去，狗頭又蹦出來，如此三次，彈簧玩具似地關不住。她看著好笑，對他說：「只要牠不亂叫，沒關係啦。」他吐了口氣說：「我已經被四家餐廳拒絕了。」「好可憐噢！」她對狗說。

那晚客人很多，她在忙亂中可能上錯了菜，某桌客人阻止她放下手裡那盤椒麻雞：「不是我們的。」又補了一句：「但是我們的蒜泥白肉還沒來！」弄錯了嗎？她拿起帳單檢視，向隔壁桌張望，啊，送反了，這是那個帶狗的男人點的。

她向男人道歉：「這是你的椒麻雞。」男人看了看她，彷彿從別的世界悠轉過來，弄懂了她的意思，莫名其妙指著面前的蒜泥白肉：「噢，難怪好像哪裡不對。」哪裡不對而已？椒麻雞跟蒜泥白肉也差太多了吧？他尷尬地說：「可是這盤已經動了。」

「沒關係，這盤請你吃，是我弄錯的。」她微笑瞥了男人一眼。那男人的臉，非常哀傷，又恍恍惚惚，難怪連椒麻雞跟蒜泥白肉都分不出來。

就是他，現在笑倒在餐板上的中年男人。他們都老了七八歲，她已大學畢業，工作了幾年，正要去阿姆斯特丹看剛生完小孩的姊姊。她把那晚的情境仔仔細細描繪給他聽，「對吧？那個人就是你吧？連椒麻雞跟蒜泥白肉都分不出來的人？」

他吃驚地收住笑意，瞇起眼睛，從腦海中翻檢卷宗一般，緩慢地點頭。「對，那是我，帶著一隻小狗，被好幾家餐廳拒絕之後，終於能好好坐下來的那一晚。」

「那一天發生了什麼事？你的表情，好像很悲傷，又好像神不守舍。」

「那一天，我們把我父親火化了。我不想一個人待在家裡，出門的時候，看到我爸的狗，很寂寞的眼神，就把牠帶了出來。」

「噢！」她抱歉地嘆口氣：「真不好意思……」

「不會，其實我爸已經病了一段時間，有心理準備，我們都有。」

她指指面前的螢幕，一邊打開餐盒，說道：「我正在看的電影，就在講老、病的問

題，很害怕將來自己要獨自面對這個問題。」

「妳是獨生女？」

「兩姊妹，可是姊姊嫁給老外，媽媽很早就過世了，就我跟我爸，可以想像將來就我一個人面對這個問題。」

「妳害怕的是獨力照顧父親，還是面對他會離開這件事？」

她複述了一遍他的句子：「害怕的是獨力照顧父親，還是面對他會離開這件事？」想了想：「應該是後面這個。你當年，有守在你爸爸身邊嗎？」

「有啊，其實真的不需要害怕。」他幫旁邊的老先生遞過空姐送來的熱茶，看了老先生一眼，老先生只是耳背，手腳都還靈活。然後，他對她描述了父親離開的那一夜。

那晚他和三個姊姊圍在父親身邊，癌末的父親，已走到最後了，他仍在呼吸，但每一口氣息，都要花費很大的力勁。爸爸在努力，因為他們的大哥正從台中趕夜車上來。他在父親的耳邊輕輕地說：「加油，大哥馬上就到了，馬上就到了！」他們像鼓勵一個剛學會走路的小寶寶，讚美父親每一次成功地吸上一口氣。但父親的力氣就要

用盡了，那一口氣愈來愈難。

看護忍不住焦急起來，問他：「你大哥是坐什麼車來？」那年高鐵尚未開通，他說：「應該是國光號還是中興號之類吧。」他也搞不清楚，他自己是開車的。看護說：「哎呀，應該坐野雞車，野雞車開得比較快！」那當下，他和姊姊們竟對這句話輕輕笑出聲來，他們的大哥是個一絲不苟的人，不會搭野雞車。他微感罪惡地轉頭對著爸爸：「努力，爸，再努力，吸氣！」

「結果你大哥有趕上嗎？」

他的表情像是忽見天空上的彩虹，輕輕說道：「趕上了！我爸真的很棒，他一直努力呼吸到我大哥趕來，才慢慢鬆了氣，走得很安詳，但是眼角還是流出了眼淚，我記得好清楚。」

她聽得眼眶濕了。

「喂，是我爸耶！」

空姐收走餐盤後，她為自己蓋上毯子，想睡了。他也調整了枕頭。那一刻，她有點

想枕在他的肩頭。她小聲說：「謝謝你，告訴我你父親臨終的事，對我，真的很受用。但如果是我姊趕飛機，就沒那麼快了。」他微微一笑：「睡吧！」

臨下飛機前，他倆交換了名片。她看了名字，不確定地對他讀出名片上的名字，他點點頭：「我就是。」那是一個作家的名字，知名的作家，同志作家。她的心中有些悵惘，又彷彿豁然明瞭。

她說：「我會……去買你的書。」他投給她溫暖的微笑。唉，那是她這輩子見過最迷人的笑容。

微鹽小食——12

椒麻雞

泰式餐廳裡的招牌菜，
一點都不難。

■材料：

雞腿肉二片（約四百公克）、高麗菜1/4顆、香菜少許、蒜頭二瓣、辣椒一條、醬油四大匙、檸檬汁三大匙、細砂糖二茶匙、花椒粉一茶匙。

■做法：

1. 雞腿肉用醬油二大匙、米酒一大匙（材料外）醃三十分鐘。
2. 高麗菜切絲，擺盤備用。
3. 檸檬擠汁，香菜、蒜頭、辣椒切末。
4. 醃好的雞腿肉放進電鍋，外鍋半杯水蒸煮，開關跳起後取出瀝乾，放涼備用。
5. 將香菜、蒜頭、辣椒末與醬油、檸檬汁、細砂糖調勻。
6. 熱一鍋油，燒熱後，將雞腿肉以大火炸至表面酥脆，取出吸去油脂，切片，放在高麗菜絲上。
7. 澆上做法5的醬汁，再撒上花椒粉即成。